Elin Cullhed

gudarna

Natur & Kultur

Det här är fiktion.
All känsla av verklighet är påhittad,
så även platsen.

info@nok.se
www.nok.se

© Elin Cullhed, 2016
Natur & Kultur, Stockholm
Omslag: Sara R. Acedo
Tryckt i Lettland, 2016

ISBN: 978-91-27-14390-6

Till Ylva, Ahang och Carro

Noll

Googla på Tierp och du får träffarna Tierpark Berlin, Tierpark Hellabrunn, Tierpark Goldau, Tierpark Hagenbeck, Tierpark Arena.

Tierpark betyder "djurpark" på tyska.

Tierp är en jävla djurpark.

I en av burarna sitter Danne. Eller Daniel. Eller Mohammad. Danne hette Mohammad innan han bytte namn. (Han fick inga kunder. Fast han överkompenserade med looks extra allt.) Dannes bur ligger i södra Tierp, i "höghusen". Han kallar det förorten, fast Tierp är en fucking förort till rymden. Där sitter han och staplar pizzakartonger till sitt eget företag om nätterna. Han signerar varje låda snirkligt med sina initialer: D A.

Daniel Abdollah är arton och van vid kärlek. Alla älskar honom. Hans mörkhåriga burr är för vaxfuktigt och kåtlockigt för att det ska glida någon förbi. Själva benen ser ut att vara gjutna i hans byxor. En snövit, oanvänd mjuktröja som måste ha baxats direkt från lagret på Lacoste. Daniel är en person som glittrar mot lärarna samtidigt som han

5

myllrar av undre mörkerkontakter. Daniel Abdollah har ett helt entourage. Svansar som viftar åt honom när han är glad: underhuggare som rullar ut röda mattan när hans ego behöver konstgödsel. Och det behöver han, 24-7.

Daniel Abdollah har fått pris i skolan, stipendium för bästa unga nyföretagare. När han fick det i aulan tänkte jag att hans tänder en dag kommer spricka av allt blekmedel han köpt på eBay. Tierps alla hundratals bönder, tillika tokrasister, hyllade honom med rungande applåder så taket i aulan nästan brast. Som om Daniel Abdollah var en mycket mer OK livsform än Mohammad Abdollah. Bara det går att relatera.

En gång råkade jag äta en Hawaiipizza som jag upptäckte att Daniel Abdollah vikt kartongen åt. Jag kräktes upp måltiden i lådan och lät de såsiga degbitarna ligga. Sedan tog jag en cigg och askade i spyan. Sedan hävde jag spektaklet över balkongen.

Daniel Abdollah är ihop med min bästa vän Lilly. Och han slår henne.

Nu: Regnet glittrar upp hösten. Det piskar mot asfalten. Kinderna är kalla som pungkulor. Allt jag behöver göra är att sitta och chilla på min inglasade balkong, buren där jag smygröker pappas smala sluta-röka-cigaretter. Och firar frigörelsens sötma. Jag kallar den ballen.

Själv heter jag Janne. Egentligen är det Jane, så den dagen jag flyr till Amerika blir allting bra, då kan jag relateras till sådant som: Norma Jeane Baker (goddess Marilyn Monroe), Jane Fonda (fitnesshero), Jayne Mansfield (filmstjärnegud).

Men här i Tierp har jag alltid varit Janne. "Janne" har orsakat en del trubbel och vanföreställningar, tandläkare som väntat sig en hostig sopgubbe med skäggprickar på halsen, klasskompisar med tvång att skrika JANNE JOSEFSSON! så fort man showar up i matsalen.

Jag bor i en förort till rymden. Ett skithål där kråkorna flyger upp och ner för att slippa se sin egen skit.

Här går det inte att heta Jane. Här går det inte att ha ett namn som glittrar som ett pärlhalsband med betydelsen "gift from God". Här går det inte att ha några pretentioner som helst om ett vackert liv.

Mina föräldrar är lärare och därför smått intresserade av kultur. På sista året av nittonhundratalet, när jag föddes, gick en serie som hette *Stolthet och fördom* på teve. Den förstfödda i sagan om de mansälskande fem systrarna heter Jane, och de ansåg att det passade mig så bra. Jane var förståndig, blond och söt. Sammanfattade hela mig i ett namn.

Janne Lerngren heter jag. Jag är sjutton år och gud. Nu ska jag berätta om vad som hände i våras, när jag korades.

Vi kan väl börja lite storslaget, så här:

Manifest. Trumvirvel.

Vi är Bita, Lilly och Jane. Den här boken handlar inte om att någons mamma dör. Den handlar inte om kärlek mellan två ungdomar som har cancer. Den handlar inte om another kille som är kär. Den här boken handlar om oss.

7

DET FÖRSTA KAPITLET I VÄRLDSHISTORIEN

"Så det första vi gör är att byta ut ordet tjejer. Liksom bara radera det. Få det ur världen."

Bita låg på golvet i mitt rum, hennes svarta hår gjorde en pöl på golvet, händerna pillade till små flätor. Det var vårt första seriösa möte. Lilly på sängen verkade till och med nervös.

Jag kände mig som en sekreterare. Hade släpat ner min uråldriga svarta tavla från vinden, längst ner gled små räknekulor av och an från ett stålgaller medan jag ljudligt bokstaverade BYT UT TJEJER, och ...

"Men skriv det inte då, människa. Hörde du inte vad jag sa?"

Jag strök över ordet.

"Jag hatar det där jävla ordet. Och vet du varför? Det är inte för att jag inte är TJEJ. För att jag definierar mig som HEN. För det gör jag inte. Det handlar om att jag är hur mycket fucking tjej som helst men INTE ..."

Bita började se komisk ut. Det är svårt att argumentera övertygande när man ligger på ett golv. Jag tror det handlar om pathos. Eller ethos. För att få förtroende för en talare måste den typ hänga i taket, eller befinna sig på en tron. Dessutom hade Bita min pappas smutsiga mjukisbyxor på sig, med fläckar från fil. Hon började likna ett skämt.

"Det handlar om att de har förstört ordet tjej. Jag menar det, fucking menar det."

Lilly sa:

"Det är precis min känsla. Jag älskar tjejer och jag älskar att vara tjej. Men du hör ju: så fort någon säger 'tjej' dör du inombords. Ingen tar vårt kön på det allvar det förtjänar."

Lilly, i leopardmönstrad tröja, glasögon och lång sido-fläta, kunde vara precis så där litterärt allvarlig. Därför var hon även ganska sparsmakad med orden. Men när hon sa något hade det full effekt.

Bita sa:

"Tjejer låter som muffins. Du är sugen på the real thing, en kaka, en tårta, en kanelbulle, en äppelmunk. Men så får du en muffin. Det är ett fucking skämt."

Lilly nickade allvarligt.

"Det handlar om att folk har missbrukat tjejordet för många gånger. Åååå tjejeeeeer ... Det låter som Lars Ohly. När någon säger Lars Ohly, alla börjar direkt misstänka svaghet och icke full kontroll."

Lilly hade rätt. Lars Ohly hade besökt vår skola veckan innan. Det bestående minnet var en hög vitt slem i hans högra mungipa. Högen gjorde vita trådar mellan läpparna när han pratade. Sådant var oförlåtligt.

Jag stirrade på den tomma svarta tavlan, pillade fram

och tillbaka på en grön räknekula.

"Men ska vi inte ta tillbaka ordet då? Bögar och flator tar ju tillbaka sina ord. Jag är en stolt tjej. Handlar det inte om att vi ska uppvärdera allt det som är rosa, och gulligt, och vackert? Typ börja leka med Barbie igen, som Mehet och Astrid i åttan?"

Jag ville nyansera. Mitt eländiga state of mind är tyvärr att allting ska vara som det alltid har varit. Det är mitt fadersarv. Förändring gör ont i mig.

"Ååååå tjejer ...", Lilly nynnade olycksbådande. Bita reste sig från golvet. Något kluckade till i hennes mage, som om maten eller organen landade rätt. Hon sög fast den gröna blicken i mig.

"DU SKA INTE LEKA MED NÅGRA JÄVLA BARBIES", sa hon och hötte med det rosamålade pekfingret. "DU SKA INTE LYSSNA PÅ HÅKAN HELLSTRÖM. DU SKA INTE TA TILLBAKA ORDET TJEJ."

Jag rev ut den rosa kritan, blodet tryckte i mina fingertoppar när jag skrev hårt och snabbt:

DU SKA INTE LEKA MED NÅGRA JÄVLA BARBIES.
DU SKA INTE LYSSNA PÅ HÅKAN HELLSTRÖM.
DU SKA INTE TA TILLBAKA ORDET TJEJ.

"Förintelsen slutar dock inte finnas för att man förintar samtalsämnet Förintelsen", sa Bita allvarligt, och syftade på en samhällslektion då vi pratat om en bok som hette *Om detta må ni berätta*.

"Men vad fan ska vi heta då?"

Pappa skulle komma hem snart, hans gestalt i dörröppningen skulle stänka som syra i ansiktet, jag ville hinna få mitt nya epitet innan jag såg honom i de ledsna ögonen igen.

"Chillarna", sa Bita och tog sin telefon, smekte upp och ner med tummen över plattan. "En sammanslagning av chey och kille."

"Jag vill inte ha något med killar att göra", sa Lilly och kröp ihop på sängen, som om något gjorde ont i henne.

"Då tycker jag att vi tar det namn som har mest pondus av alla namn för tjejkönet", sa jag. "KVINNOR."

"Kvinnor!?"

Bita tryckte igång en låt på sin telefon, "Haffa Guzz", började twerka med höfterna fram och runt i skakningar, vi skrattade, garvade, hon bjöd så hårt på kroppen, aldrig rädd.

"Jag gillar det!" skrek hon.

Något tungt och allvarligt slog i ytterdörren. Mördande ljud som ville ta mig någonstans. Bita vältrade sig i låten, den dansande kvinnan i mitt rum, hon skrek det igen:

"KVINNOR, JAG GILLAR DET", Lilly ställde sig också upp, tog av sig tröjan, började dansa, klättra med armarna som Loreen, "MEN TYVÄRR SÅ FUNKAR INTE DET SÅ VI SKA HETA GUDARNA. SLÅ IHOP BRUDAR MED GUZZ OCH DU FÅR GUDAR. KLART SLUT."

Det blev tyst i rummet. Vi skulle precis börja tillbe varandra, typ kramas och ta en selfie, när min pappa Kent gled in lite smidigt i tofflor och jeans. Han stod i dörren med ett tröttsurt grin och pampig ståfrilla. Det kändes som om jag var naken.

"Jag anser att du inte ska släpa ner den där svarta tavlan från vinden", sa pappa dystopiskt. Jag ställde mig blixtsnabbt framför griffeltavlan. Eventuellt stack bara ordet "Håkan Hellström" ut från min kropp, och det var okej. Pappa skulle tänka att det var typiskt tjejer att tråna efter den där Håkan.

Jag insåg att makt bara handlar om att styra över vad andra människor tänker.

Lilly drog på sig tröjan igen, så väluppfostrad.

Det var ödsligt tyst i det nyss så glittrande rummet.

"Okej, var det nåt mer?"

"Ja, jag anser att dina kompisar snart ska gå hem."

På pappas personalkonferenser och utvecklingssamtal är "anser" ett mycket välfungerande ord. Pappa anser att "anser" är ett ord som ger en människa anseende.

Jag anser att min pappas språkbruk gör honom hopplös.

"Det heter fucking TYCKER, pappa", sa jag med ansiktet uppvänt mot taket som snart kunde vara på väg att falla ner över mig.

"Och jag anser även att du ska använda ett vårdat språk när du pratar med mig, Janne."

Bita reste sig till stående, drog upp de enorma mjukisbyxorna över höfterna. Då blev det så uppenbart att de var pappas.

Han pekade.

"Är det mina ...?"

Bita ryckte på axlarna. När hon gjorde det gled ena sidan av mjukisbyxan ner och visade trosorna.

Pappa har en blick som är expert på att glida bort från pinsamheter. Pappa är manlig lärare och har en historia av att vara misstänkliggjord. Förra våren hade han en situation med en adhd-unge som fittade mot honom på en begravningsplats. Pojken sprang över gravarna, sparkade upp jord och gräs, pappa fick ta tag i honom, hårt, hålla fast honom, blev anmäld för misshandel sedan.

Pappas ögon aktar sig.

Pappas ögon är ledsna, för de innehåller någonting han inte får se. Någonting han inte får visa att han ser.

Kanske är det läraryrket. Att ha så mycket inom sig, som aldrig får komma ut. På grund av skollagen, jantelagen, läroplanen.

"Vi ska gå nu, hejdå Janne", sa Bita och Lilly och gav mig varsin kram.

Pappas ögon glänste av att ha fått sin vilja igenom.

"Klockan är ändå sex", spädde han på.

"Hejdå, tjejer", sa pappa med sin ängsliga lärarröst.

Det skulle han aldrig ha gjort.

"Säg det en gång till?" sa Bita nasalt, med rösten i gommen.

Bita Hosseini föddes aktivist. Hennes politiska engagemang och palestinasjal är en del av hennes DNA. Så du fuckar inte med Bita Hosseini. För då fuckar hon med dig.

Hon kollade klockan på telefonen.

"Egentligen, pappa Lerngren", sa hon med samma gnälliga

röst, "det enda du gjort sen klockan fem i sex är att:

klampa in på Jannes rum utan att fråga,

avbryta vårt möte,

läxa upp din dotter,

klaga på hennes språk,

skicka hem hennes vänner,

och sen kalla oss TJEJER, när vi inte ens är ... tjejer?"

Jag kollade pappas reaktion. Han såg nollställt glåmig ut. Nära undergången.

"Ursäkta, men vi har precis haft möte där vi klubbat igenom att ingen i världen kallar oss tjejer mer, för vi är GUDAR."

Pappa var nu vit i ansiktet.

Jag skämdes lite.

"Gör om den här skiten, säg 'HEJDÅ GUDAR', och buga för oss."

Bita drog av sig de fläckiga mjukisbyxorna. Hon stod framför Kent Lerngren i knallgröna boxertrosor. Hennes nakna ben ägde. Hon släppte byxorna och kramade om mig.

"Hejdå älskade Janne. Tack för dagens möte. Se nu till att din svarta tavla får stå kvar på rummet."

Bita gick ut i vintern i bara trosor.

"Fred", sa Lilly mjukt innan dörren gick igen.

Pappas reaktion på kriser i familjen är att äta mat.

Det fräste i köket. Han stekte uppenbarligen ett ägg. Pappa hatar vändstekt, gulan ska vara orörd med små smältande saltprickar på, men nu skyfflade han ägget av

och an i stekpannan med en gaffel. Huvudet lutat mot
köksfläkten. Hela kroppstyngden vilade nu där.

"Vill du ha en kram?" frågade jag gränslöst. Jag ville
verkligen inte krama honom.

"Hej, är det du", sa han. "Nej, tack. Jag håller på att
steka ett ägg."

"Well, obviously. Det stinker i hela lägenheten."

Pappa smällde våldsamt ner en kantstött tallrik och
slängde över ägget från stekpannan. Det fräste i vasken när
han hällde ut den heta oljan.

"Umgås du med Bita Hosseini?"

Pappas vattniga ögon växte, blev viktiga.

"What the hell snackar du om? Umgås du med Roffe
Borg?"

Pappa började frenetiskt diska stekpannan. Diskborsten
blev svart. Pannan slog mot kanterna.

"Prata inte engelska med mig, Janne. Jag vet bara inte
om det är någon bra kompis. Du vet vilket blåsväder Bita
hamnade i förra terminen."

Pappa tassade till tallriken och tog en tugga ägg. Det
fungerade inte för mig att titta på honom när han åt ägg
och pöste av förakt mot min kompis samtidigt. Vem var
han? Hur kunde han vara mitt blod?

Jag tänkte på Bitas trosor. Detta att hon var min krigare.
Att hon skulle gå igenom snö och eld för mig, med eller
utan byxor.

Pappa hade innetofflor. Tuggade högt.

"Hör du vad jag säger?"

Faktumet att pappa var lärare i min skola började bli olidligt. När jag var liten var jag stolt. Min största hjälte, alltid nära till hands. Nu skämdes jag livet ur mig. Pappa visste allt. Nu syftade han på att Bita i höstas hade anordnat en högljudd demonstration mot mäns våld mot kvinnor i skolan samtidigt som det hölls en tyst minut för förra rektorn som dött.

Pappa var gravallvarlig. Han hade blivit så abnormt överbeskyddande efter skilsmässan, som om han helt mekaniskt skulle dra föräldraansvaret på max. Men det hände också efter att jag fyllde femton och blev sexig. När jag var tio och lekte med Barbie på helgerna var jag inte ett hot.

Nu hotade jag plötsligt hela världen.

"Bita gjorde en helt fantastisk insats för feminismen, pappa", sa jag och knöt nävarna. "Du har jämt snackat om att det är viktigt med jämställdhet mellan könen", jag kände hur argumentationen svek mig. Jämställdhet mellan könen? Varför kunde inte Bita bo i mitt bröst?

Pappa väntade överlägset på nästa replik. Ägget låg nu i hans mage. Han torkade sig om munnen med tröjärmen. Ögonen såg inte lika ledsna ut.

"Det Bita håller på med är militant feminism", sa pappa. "Och det hör inte hemma i svenska skolans värdegrund. Kanske är det en typ av aktivism som passar på Irans gator, där man faktiskt *har* en kamp att föra ..." Pappa hade dragit på sig lärarrösten igen. Mitt hjärta kokade för att blodet i mig fått feber på en sekund. Jag kände hur det på riktigt brann.

" ... Men här. Har vi redan jämställdhet. I Sverige."

Han demonstrerade med armen, som om han pratade om köket. Då ringde telefonen i min hand. Bitas namn blinkade. Jag sprang ut och sparkade i toalettdörren så att det gjorde ont.

"Här ringer hotbilden!" skrek jag. "Du är en rasse, vet du det! Det är bara för att hon är irani! Jävla rasist!"

Bita hade inte hört orden som just yttrats i vårt fula kök hemma på Gävlevägen, men det var som om hon ändå visste, redan befann sig i samma brand.

Det lät i andetagen.

"Är det Janne?" frågade hon.

"Nej, det är pappa Kent, vad tror du."

"Janne, det har hänt igen. Daniel. Han har slagit Lilly. Vi måste dra dit."

Blåsten skrek in i min jacka när jag körde över snödrivorna med cykeln, kunde inte pappa bara fatta vad jag pratade om? Det här var vårt liv. Vi skyfflade skit till kvällen istället för att sitta hemma och mysa i mjukisbyxor framför teven som han, som förträffligt satt och planerade med lärarkalendern inför nästa morgondag. Det sved i min hals, så snabbt cyklade jag.

"Det är ditt fel!" skrek jag i motvinden medan jag trampade. "Det är ditt fel att vi har det så här jävligt, att Lilly blir fucking slagen av sin kille och ingen bryr sig!" Men anklagelsen gick inte ihop, argumenten gick aldrig ihop, bara känslorna.

Hjärtat slog av rädsla. Ju närmare jag kom Daniel Abdollahs slitna pizzaförort desto lägre och mer nyplanterade blev björkarna, och gatan blödde av slask. Jag hatade Daniel Abdollah, det fanns ingen nåd när en så överhyllad människa kan gå igenom livet ostraffad fast han är en gris. En riktig gris. En psykopatgris.

Det var mamma Julias gamla cykel, jag kastade den i buskarna när jag såg Bita stå och vänta i sin svarta oversize dunjacka utanför porten. Hon sög på en fläta i håret. Jag hade hög fart när jag sprang in i hennes famn.

"Hej, min gud", sa hon varmt i örat. Hon hade gråtit under glasögonen. Kinderna glittrade. Hon tryckte Daniel Abdollahs kod och vi gick in.

I dunklet låg Lilly utslagen på sängen. Rummet stank av brända popcorn och det var tropiskt varmt, som om kroppar gjort rörelser härinne som värmt upp bättre än elementen. Hon kröp ihop när vi kom, höll sitt huvud mellan knäna. Lilly, min krigare. Jag tog tag i hennes ben och drog ut dem på det svarta täcket. Hennes gråtsvullna ansikte blottades. Jag slängde mig dit, tog hennes händer och bara höll.

"Han skulle filma mig ..."

Hon snörvlade ut allt möjligt snor på kinderna.

"Hade ni sex?" sa Bita.

Lilly nickade mot soffan i mitten av rummet. Den var full av blod.

Värmen härinne. Den gjorde mig sinnessjuk. Jag tog av jackan. Bita härmades men lät sin stanna nere vid armvecken.

"Jag skjuter honom. Jag svär", sa hon.

"Vad gjorde han?"

"Hade nån jävla grej för sig … En dildo som var alldeles för stor och räfflig … utan kondom eller glidmedel. Det var fint först. Sen torrlade han mig så det blödde."

Lilly drog benen till sig igen.

"Jag kan typ inte gå."

Bita knöt en kampnäve. Höll upp den hårt framför ansiktet.

"Jag ringer polisen", sa jag.

"Du ringer vem? Tarzan och Banarne? Kom inte hit med hopplöshet", sa Bita. "Vi måste fixa det här nu."

"Var är människan?" sa jag. Det kändes som om Daniel Abdollah när som helst skulle komma hem.

Jag gick runt som en kriminaltekniker och inspektera-de några av de inramade bilderna på väggarna. I guldram: Daniel Abdollah, ungdomens lov. Favoriteleven i Gun Hellmans ögon, min mentor. Daniel Abdollah, stjärna på Tierps nyföretagarcenter. Daniel Abdollah, ordförande i sko-lans idrottssupporterklubb. Daniel Abdollah, DJ på treornas studentskivor. Daniel Abdollah, lärarnas lille invandrar-älskling, deras multikulti-alibi, eftersom han bytt namn.

Hördes det inte ett misstänkt sus från hissen?

Daniel Abdollah var arton fast han såg ut som tjugosex. Lilly hade träffat honom en kväll när vi sjöng karaoke på en pizzeria i Gävle. Han hade bjudit henne på en öl och frågat om hon kunde sjunga "Stand by Me". Hon hade gjort det så jävla fint. Blivit fotograferad och uppsatt på pizzerian.

Daniel sommarjobbade på den krogen som vakt.

Varför faller Lilly för honom?

Kanske för att han är ett svin. Och svin är fina inuti, tror folk. Men de som är fula utanpå är finast inuti. Det är ingen ekvation som är menad att gå ihop. Det här kan jag, fast jag är sexton år och saknar rösträtt, slutbetyg, myndighetsförklaring, ekonomi och legitimation. Jag har tvingats till den visdom som bara gamla människor äger. Jag har, som alla gudar, fått en gammal själ.

Det stack till i min fot. Jag hade inga strumpor på mig, hade cyklat iväg barfota i bara sneakers. I hälen under lampan gnistrade en glasbit. En klockren glasbit från Daniel Abdollahs golv.

Det här var våld extra allt.

"Vad fan har ni gjort härinne?" sa jag.

Lilly huttrade. Trots värmen frös hon alltså. Bita gav henne sin jacka.

"Jag är så jävla bra på att hamna i trubbel", sa hon och plockade med en av Daniels fjärrkontroller på glasbordet. Batterierna var lösa och rullade ner i mattan.

"Jag bär dig härifrån", sa jag haltande och luktade på hennes Lillyhår. "Du vet inte vad du menar nu."

Vi lämnade den stinkande lägenheten åt sitt öde. Jag skjutsade Lilly på cykeln hem till pappa genom natten. Hela hallen osade av stekt ägg när vi smög in, det kändes plötsligt väldigt hemtrevligt.

DET ANDRA KAPITLET I VÄRLDSHISTORIEN

"Har du haft vårtor?"

Skolsköterskan slängde ner min fot på britsens sorgliga blekgrå pappersremsa. Hon såg misstänksamt upp bakom det enorma förstoringsglaset. Håret var blont och fluffigt. I ett födelsemärke på halsen stack tre krulliga hårstrån upp.

"Det är en glasbit. Det gör skitont."

"Inga svordomar, Janne."

"Jag sa bara skit?"

"Du får gärna ha ett vårdat språk när du är hos mig."

"Jag vet typ inte vad en vårta är."

Jag tittade lite sorgset på foten. Mitt i hälen var nu ett hål. Med en skalpell hade skolsköterskan gröpt ur den enorma glasbiten som inte fanns. Hålet kantades av helt onödiga hudfransar.

"Det där är en vårta."

Skolsköterskan pekade i köttet med skalpellen. Hon såg stolt ut, som om hennes enorma visdom nu hade fått guldstjärna i himlen.

Vårtor. Det spelade ingen roll. Jag kunde komma med en

diamant i hälen. Jag hade kunnat bryta mig in i kungahuset och stjäla drottning Silvias vackraste diamanter. Jag hade kunnat hugga in drottning Silvias diamanter precis i hjärtat av foten. Skolsköterskan hade ändå sagt att det var vårtor.

Jag hade sett så mycket fram emot att få bort den onda glasbiten, en liten intensiv skitbit, från mitt eget kött. För denna längtans skull hade jag klätt av min fot naken inför skolsköterskan Ann Bidén.

"De säger ju att vårtor gör fruktansvärt ont", sa Ann Bidén med en gnällig röst inifrån gommen.

DE? Hade inte DE utrotat vårtorna by now? Plus, vem nuförtiden hade vårtor? Det var så typiskt. All min längtan skulle alltid komma på skam. Jag fick ett infall att dra hårstråna ur Ann Bidéns födelsemärke i ett ryck, få bort hår, hud och kött, nå ända in till blodet. Skolan var helt enkelt ingen plats för gudar, eller diamanter. Skolan var en plats för vårtor.

"Och använd badtofflor i duschen."

Skolsköterskan drog fram en broschyr: "Om vårtor på fot och hand". Framsidan pryddes av en stor vit blobba med en massa rött i mitten. Jag drog min strumpa över foten, den var smutsig och luktade lite svett.

I Janne Lerngrens haltsteg genom korridoren fanns nu hämndlystnad, en naggande känsla av fail och ett hopp om att en dag få skrika BITCH! till hela världen.

Och, som om det inte vore nog:

I foajén till matsalen, vid väggspeglarna där man kunde

råka vara lite undangömd om man hade tur, stod min pappa och speglade sig med böjda ben.

I pastellgul, kortärmad skjorta och ljusblå jeans.

Jag visste inte om jag skulle kräkas eller säga hej. Tyvärr var "hej" inget alternativ. Kranen rann medan han smekte de blöta handflatorna genom håret för att få det att ligga rätt. Jag hade sett honom göra det i badrummet hemma. Vattenkammat.

Pastellgul, snudd på citronmarängtårtagul.

Jag hade innerst inne alltid vetat att min pappa har ett hemligt liv.

En kamera som svept över Rörbergsskolan i Tierp under resten av skoldagen hade visat ännu mer sorgliga ting.

Det var modevisning i matsalen. Helt klart ett individuellt val som spårat ur. Katy Perry, Avicii och den fruktansvärda trion Swedish House Mafia (R.I.P) dånade i högtalarna från 1900-talet medan Mona i min klass, en helt okej gud med mycket muskler och många tankar i skallen, riggade en upphöjd scen av matsalsborden.

Ester, Embla och Vilma var indragna i själva uppförandet. De stod i olikfärgade strumpbyxor bakom ett rött skynke redo att börja promenera på catwalken när Mona gjorde ett tecken. Hon drog för de enorma matsalsgardinerna med ett snöre. Lukten av skolmat blev ännu mer påtaglig i mörkret.

Ester, Embla och Vilma, med jordens kanske sämsta självkänsla. Som behövde en självhjälpsbok. De var fantastiska, som alla gudar, men de hade fått ebola. Det var så vi gudar hade börjat se på saken. De var smittade. Jag kände explosionen komma. Luften var lättantändlig. Folk satt i klungor och åt, jag hade en tallrik blek fil framför mig, rörde runt med skeden flera varv.

Den betygsättande läraren hette Ralf Eriksson. Ralf stod bredbent över en stereo i färd med att koppla en enorm dator till en liten sladd som ideligen slingrade ur hans händer. När Mona svepte förbi slet han tag i hennes mest uthängande kroppsdel, en höft, och muttrade:

"Jag får inte till uppkopplingen, Mona. Eller är det Facebook som krånglar. Jag menar Spotify." Ralf drog skamset höfthanden upp och ner. "Men det sista som lämnar oss är väl hoppet."

Ralf var en helt möjlig ekvivalent till min egen far. Talade i sentenser. Vad är det med lärare som möjliggör denna kärleksslakt mot språket? Är det personalrummets defekta lappar och affischer som sätts upp av övriga ebola-insjuknade äldre quinnor och gybbar, som knarkar det här:

"Om man är tyst för länge vissnar tungan" (källa: Pippi).

"Alla är barn i början" (källa: okänd).

"Alla känner apan men apan känner ingen" (källa: Olle Ljungström. Ingen vet vad det betyder).

"Ingen har nytta av att vara unik i en garderob" (källa: Jonas Gardell).

Och värstingen:

"Älska mig mest när jag förtjänar det som minst för då behöver jag det som mest" (källa: typ Kungen).

Det var mörkt som blyerts i matsalen. Jag behövde en Ipren. Ralf Erikssons feminina arm gled sakta ner över

Monas höft medan hon styrde uppkopplingen på datorn. Handen fastnade där.

Bara hans hand på hennes höft, bara just nu och här medan Ester, Embla och Vilma gned sina strumpbyxeben inför modevisningen, precis en meter från den ekologiska mellanmjölksmaskinen, medan skolmatsalspersonalen gått ut på bakgården för att ta en cigg.

Låten dundrade ut.

I used to bite my tongue and hold my breath
Scared to rock the boat and make a mess
So I sat quietly, agreed politely

Trummorna kickade igång livskänslan i Ralfs ögon. Han gjorde utfall med benen och kramade om hela Mona.

Längtar Mona efter det här, tänkte jag och öste in fil i munnen. Jag hade blivit hungrig nu. Vill hon stå öga mot öga med Ralf Eriksson och känna sig som en horunge i hans blick?

Är det något blixtrande sexigt att bli berörd av honom?

Är det hon som tvingar honom? Hennes fina, dagen till ära ganska så lättklädda, unga kropp. En vinröd tunika och svarta leggings. Är det därför Ralf skälver av erotik och snart måste gå ut och runka på toaletten? Jag ville springa fram och vara fittig, springa fram och separera gudomligt lammkött från åldrad lantis, klibba bort unga Mona från gamla Ralf.

Kräkas upp filen på deras kram.

Katy Perry ramade in kramen, gjorde den möjlig, bara en
kram sedan gå, bara en kram sedan släppa henne.

I guess that I forgot I had a choice
Let you push me past the breaking point

Får man krama vem som helst? Får Ralf Eriksson krama
vem som helst?

Ingen i lärarkåren befann sig i matsalen.

Det brann små tårar från mina kinder ner i filen. Jag
var ändå inget skolombud. Kamratstödjarna i klassen var
Malva och Tim. Jag var ingen att säga något alls.

Kanske var det ingenting att se. "Övergreppet" var redan
försvunnet. Mona stod bakom skynket igen, hos Embla,
Ester och Vilma och samlade deras mod, upprymd, upp-
fylld, det här var hennes individuella val.

Trots att det inte finns några individuella val, som Bita
säger. För det som hände nyss var inget individuellt val, det
var Monas kropp som inte kunde svara på Ralfs känslout-
brott med något bättre än en kram, en bekräftelse på att
han var okej, att hans tafs på höften nyss varit helt okej.

Jag kände mig förvirrad som en burk müsli.

Uppblött i ett ton fil.

Matsalsdörren var tjock av armar och ben, Amors och
Amins kyssläppar pressades mot rutan, det blev slem-
avtryck på glaset. Ångestskriken kom.

Trycket släppte, folket vällde in. Ralf formade sina händer till lurar runt munnen.

"TJEJERNA I SP14 SKA GÅ MODEVISNING. VILL NI SE, SÅ SLÅ ER NER OCH HÅLL MUN. ANNARS HAR NI INTE HÄR ATT GÖRA. LUNCHEN ÄR OFFICIELLT SLUT."

Det var inte helt klart hur meningarna i Ralfs mun gick ihop. Jag gick bort och lämnade min tallrik. Traven med smutsiga filtallrikar brakade ihop. Inga mattanter i närheten. Och jag såg inte Daniel Abdollah någonstans. Hans mörklockiga hår dök inte upp i strömmen av hårdnackade tvåor.

Men där var Bita och Lilly.

Gudarna.

Min egen folkstorm.

De skulle rädda hela världen.

"Janne, har du trosor?"

De ställde sig hos mig. Embla och Vilma gick sin första parad utklädda till Agnetha Fältskog och Anni-Frid Lyngstad i ABBA, med platta hattar på huvudet i blått och brunt vilket fick dem att likna två ekollon.

"Vad snackar du om?"

Bita brukar inte använda trosor. Hon är förbi trosor. Hon har överlistat hela anti-fitt-systemet. Hon drog upp en rosa binda och viftade med den i handen.

"Ursäkta den rosa färgen", sa hon. "Men det är krig och jag behöver verkligen trosor. Lilly hade bindan. Du får ställa upp med trosorna."

Bita tycker om att säga "krig" istället för "kris", det är ett mycket mer konstruktivt ord, som visar på att motståndet lever. Tjejer till exempel, de har inte kriser, de har krig. Bra att minnas ifall vuxenheten skulle råka tuta i tjejer att de befinner sig i kris, vilket den råkar, pretty ofta.

"Jag har bara trosorna jag har på mig."

"Okej, kan jag få låna dom."

"Jag fattar inte."

"Ge mig trosorna." Bita tiggde med handen. Jag tittade på Algot och Melvin i Daniel Abdollahs klass. De filmade modevisningen. Jag kom att tänka på hur Daniel hade filmat Lilly.

"Är du okej?" sa jag till Lilly.

Hon ryckte på axlarna.

"Jag kan gå igen. Plus, Daniel är inte här."

"Var är han?"

"Låt mig slippa höra hans namn", sa Bita och drog in oss i dunklet bakom modevisningens röda skynke. Utanför mullrade en cover på "Hey ya", denna vidriga låt från tidernas begynnelse.

"Dra ner dom snabbt", väste Bita.

Ester och Vilma klampade omkring på borden i bikinis till absurda applåder. Jag klädde av mig. Om det var någon som skulle se mig avklädd nu så skulle det vara Mona eller Embla. Det skulle vara okej. Bita fick trosorna. Hon var också naken, med sitt varma fluff mellan benen. Hon var lite tjock och hade fina lår. Mina trosor var lite tajta på henne. Hon klistrade fast bindan mellan benen.

"Så jävla schyst", sa hon och tryckte till med handen.

Det dallrade i det röda skynket. Ralfs håriga hand stack fram. Inkräktaren drog bort ridån och upptäckte mig halvnaken och Bita i trosor. Lilly satt på golvet, som om hon fortfarande rörde sig i en annan värld.

"Vad i hel...?" Ralfs ögon lyste.

"Hallå, vi byter OM!" sa jag full av integritetskränkningskänslor.

Den rutiga skjortan Ralf stirrade på Bita som om han aldrig sett ett par tjocka, gosiga lår med en bindtrosa i mitten. Hon stirrade tillbaka som om hon aldrig sett en gubbe i femtioårsåldern.

Mona kom in.

"Hallå, ni förstör min modevisning!"

Hon började snyfta. Jag försökte tänka att det inte var hennes fel. Jag försökte tänka på gudarna, på systerskapet. Jag kröp ihop på golvet bredvid Lilly i min tröja. Golvet var iskallt och fullt av grus. Rihanna sjöng "Diamonds".

Ralf skrek genom musiken.

"Nu lägger ni av att sabba för andra, tjejer. Det här är så typiskt er tjejer. Blockera ombytesmöjligheterna för dom som faktiskt satsar på sina individuella val. Satsa på nåt ni också!"

Ralf Eriksson dirigerade med armen likt en onykter flygledare som vallar en skock får. Jag drog åt mig ett rött skynke och gömde mina och Bitas blottade kroppsdelar i det. Vi gick okrossbara genom det dunkla skrattjublet. Ingen har nytta av att vara unik i en garderob.

I det inre av skoltoaletterna fick vi på oss kläderna utan avbrott. Det var trångt och klottrigt. Lilly tung och ledsen i kroppen.

Lika bra att ta ett möte direkt.

"Och nu till det mest basala", sa Bita. "Daniel Abdollah, I swear to God I will never mention your name again until vi har pratat med rektorn."

Jag betraktade Lillys insjunkna ansikte. Det brukade vara lyckligt, uppvänt mot världen, nu orkade det inte.

Det var symtomatiskt att vi satt på toaletten, som luktade näsblod och brända lik. Jag såg mig i spegeln: redig, bastant, en Janne. Jag såg att Lilly var på väg att krossas.

Någonstans for det igenom mig att vi hade pappa. Att pappa jobbade på den här skolan. Att han skulle rädda oss. Det var inte lugnt någonstans att tänka så. Tanken fladdrade bort som i en spolning.

"Jag måste byta binda redan."

"Lägg av Bita, det passar inte nu."

Hon bökade runt och insåg allvaret.

"Okej, jag gör det sen."

"Vi går och anmäler till rektorn", sa jag med handen på toalettdörren.

Lilly ryckte på axlarna.

"Har du några blåmärken?"

"Bara i fittan, typ", pep Lilly.

Bita låtsades kolla med ett förstoringsglas mot Lillys underliv. Ingen skrattade.

"Lilly. Vad gör du ens i skolan? Du är i chock. Du borde

ligga hemma och vila dig framför *Vänner*."

Bita tog tag i hennes axlar och ruskade dem, men rörelsen gled igenom Lillys skörhet. Kroppen var ihålig. Jag gav Bita en bister blick.

Rektorn hette Catharina Blomsteräng Swärdh och såg ut som en ansiktslyft skräcködla. "Blomsteräng" passade inte alls ihop med den stränga uppsynen. Hon var hämmad och polisiär. Men hon var kvinna. Och ett kvinnoliv måste kunna sympatisera med en fallen syster i kampen.

På Catharina Blomsteräng Swärdhs skrivbord stod en burk vaselin. Den vilseledde mig när vi stod utanför den öppna rektorsdörren och respekterade känslan av helvetesgap mellan hennes existens och vår.

"Stig på, tjejer", sa rektorn efter att hon plockat färdigt med ett papper. "Välkomna in."

"Vi behöver hjälp", sa Bita som kom först.

Rektorn såg misstänksamt på henne.

"Vad kan jag hjälpa er med, tjejer?" Hon knäppte händerna över skrivbordet som en galen professor.

Jag insåg genast. REKTORER blir bara de människor som inte har ett eget ärende i världen. REKTORER går igenom livet slipade och oärliga mot människor som brinner. Om rektorerna vore ärliga och bjöd till skulle hela skolan målas rosa, föräldrarna göra uppror och några teenage momhippies kicka igång ett föräldradrivet dagis nere i källaren. Det skulle bli kaos. Rektorer måste släcka alla bränder i folk bara genom blicken.

31

Det är en blick som hatar de som tänker.

Det är ett fullkomligt paradoxalt ideal, egentligen. En skola med bildningsförakt. En skola som utbildar lobotomerade, ofria tänkare.

Och det här har jag alltså kommit på helt själv.

"Alltså, vi är inte tjejer. Men glöm det."

Rektorn skrattade överlägset.

"Säg mig, Bita ..." Rektorn sökte efter Bitas efternamn. Hon såg ner på vad som måste vara en klasslista.

"BITA HOSSEINI."

"Just det, Bita Hussein. Om du inte är tjej, vad är du då?"

"En gud."

"Jaså."

Hon vände sig till mig.

"Vill du, Jane, berätta vad jag ska hjälpa er med?"

Rektorn är den enda i världshistorien som uttalar mitt riktiga namn. Det var uppenbart att jag tilltalades för att Bita just gjort sig till clown i rektorns ögon. Nu gav hon mig en blick av tvingande lojalitet.

"Ni måste skugga Daniel Abdollah i NA13. För han slår Lilly." Sa jag.

Rektorn fick något oförstående medlidsamt i ansiktet.

"Vad är det du säger?" gapade hon överklassigt. "Skugga Daniel Abdollah?"

"Käften, Janne." Bita tog ordet. "Lilly här", hon pekade med händerna, "är ihop med Daniel Abdollah. Det vet alla. De hade ett BDSM-förhållande. Det spårade. En gång slog Daniel Lilly gul och blå mot en diskbänk. Käken gick

nästan av. Igår körde han in en räfflad dildo i henne tills
hon blödde. Och filmade det. Är det helt okej enligt skol-
lagen tycker du? Är det helt okej?"

Rektorn tog motvilligt emot sitt eget ord "skollagen" i
denna soppa av övergreppsanklagelser. Hon snörpte lidan-
de på munnen och såg ut mot vinterljuset i fönstret. Det såg
ut som om hon längtade efter en glass.

"BMI?" sa rektorn.

"Glöm allt du vet om Body Mass Index, Catharina", sa
Bita. "Jag sa BDSM. Bondage, Dominans och Underkastelse,
Sadism och Masochism."

Lilly kröp ihop bakom orden och armarna.

Rektorn viftade på sina händer fulla med guldringar.

"Vi tar det här från början." Hennes röst fick ett hack, ett
litet avbrott. "Vad är det som har hänt?"

Hon famlade efter min blick.

"Daniel Abdollah är hustrumisshandlare, våldtäktsman
och porrfilmare", sa Bita glasklart.

Rektorn tog ett myndigt papper och började bunta ihop
det med några andra papper på skrivbordet. Jag insåg att
hon gjorde det för att vinna tid.

"Bita Hussein, du pratar om Daniel Abdollah och Lilly
Karlsson som om de vore gifta. Är ni gifta, Lilly?"

Nu lät hon lugnare. Nästan högtidlig. Lilly ruskade på
huvudet.

"Då är Daniel Abdollah ingen hustrumisshandlare."

Rektorn kilade in pappersbunten i rätt fack. Det kändes
som om vår samtalstid var förbrukad.

"Ni kommer med allvarliga anklagelser." Rektorn reste sig upp från skrivbordet och kom runt till vår sida. Hon lät sin nätta rumpa ta stöd av skrivbordskanten. "Daniel är en av skolans bästa elever. Och Daniel Abdollah slåss inte. Han är uppriktigt sagt en pärla, och jag, mina vänner, tycker mig känna honom väl. Men det inser inte ni?" Rektorn pillade strategiskt på datormusen så att datorn lyste igång.

Det var en retorisk fråga. Rektorn studerade Bitas pin på bomberjackan, en kampnäve inuti en fet feministsymbol.

"Det är bra, tjejer, att ni är intresserade av internationella kvinnodagen. Om det är något jag kan hjälpa till med där, varsågoda. Men det om Daniel Abdollah låtsas jag att jag inte hörde. Allvarliga anklagelser."

Jag gick mot dörren.

"Jag förstår inte", sa rektorn. "Vill ni Daniel illa?"

Jag letade med ljus och lykta efter nåd i rektorns ögon, men hon var en hjärna i en glasburk.

Bitas aktivism drunknade. Lillys blick var svart.

Det fanns en tid när jag trodde på vuxenheten. Jag trodde att vi ohängda ungdomar skolades in i ett samhälle för att det i det samhället fanns äkta och kreativa värderingar, något att tro på. Nu insåg jag att det var vuxenheten som var sjuk i huvudet.

Catharina Blomsteräng Swärdh stängde dörren själv.

Där utanför, i det turkost inredda väntrummet, stod Amor.

Amor, i all sin tysta poetprakt. I höstens färger, mitt i våren. En brun kavaj, en roströd halsduk, en svart tygkasse, gråa jeans och lika lockigt hår som Daniel Abdollah, fast mer åt brunt. Amor Lindgren. Jag ville springa fram och krama honom, borra in näsan i hans hud.

Janne och Amor. En ekvation som aldrig var tänkt gå ihop. Det senaste halvåret hade vi inte pratat med varandra alls, trots att vår fritid brann av hemliga mejl långa som romaner.

"Hej", sa Bita hopplöst och knyckte mot dörren. "Rektorn gräver sin egen grav därinne. Vad fan ska du göra med henne?"

Amor fick rött på kinderna.

"Jag har lovat lära henne foxtrot."

Han såg ner i golvet.

Amor dansar. Han går estetisk och har en kropp som marmor mot munnen. Naken ser han ut som en romersk skulptur. Jag visste att han ville väl mot hela världen. Men det här var det sjukaste. Till och med Lilly skrattade.

"You what?"

"Rektorn behöver lära sig dansa. Hon ska på bal på Uppsala slott. Jag lovade ge henne lektioner."

"Snälla Amor, sälj inte din kropp", sa Bita uppgivet.

Rektorn pangade upp dörren. Hon log sitt allra bredaste leende, bara mot Amor. Nu såg hon helt annorlunda ut, hade tagit av sig den vita koftan, under jumpern skymtade ett par välformade bröst redo att trycka sig mot Amors oskuldsfulla torso.

"Amor, min favoritkavaljer! Välkommen in, stig på, stig på."

Vi skingrades utan ett ord.

Kevin, Daniel Abdollahs underhuggare, stod ute och rökte i snöslemmet. Kevin, som hela högstadiet skrek "kuken i fittan" så ofta att frasen kunde gjort oss alla på smällen med barn 312.

Den dånande orgelkänslan i mitt huvud var återställd.

"Var är Daniel?" sa jag undergångsmässigt.

"Fan, jobbar. Satsar på företaget."

"Det är skolplikt?"

"Inte i gymnasiet. Janne, du har sexig rumpa." Kevin synade mig nerifrån och upp tills vi möttes med ögonen. Han var svartklädd med överdimensionerad keps, såg ut som en fånge förirrad ur ett begravningståg.

"Käften."

"Är du född så?"

Kevin bolmade ut röken över mig.

"Är du född med Tourettes syndrom?"

Jag vann. Kevin hade bakåtvinklad keps. Det kunde bli år 2024, 2034, kepsarna kunde raderas ur modehistorien och aldrig återvända, i Tierp hade alla bönder ändå keps. Det stod "RAGGARE" på skärmen.

"Be Daniel ringa mig asap när du ser honom."

Jag drog i Kevins skälvande hand och rafsade ner mitt nummer över ådrorna med en tuschpenna. Blundcyklade hem för att slippa se Tierp svischa förbi och etablera sig i min hjärna.

DET TREDJE KAPITLET I VÄRLDSHISTORIEN

Jag föddes in i en blygsam själ som gömmer anspråk på världen som är oerhörda. För detta ska jag straffas. Om jag räcker upp handen på lektionen får jag inte hjälp på en halvtimme för att Kevin, Calle och Amin behöver proffshjälp av ett helt influget resursteam från kommunen. Jag sitter tyst. Står för ingenting. Faller för allt. Det är en överlevnadsstrategi.

Vi hade en manlig vikarie i sexualkunskap.

"Gissa hur gammal jag är?" sa vikarien och sträckte på armarna så att den håriga magen syntes.

"Trettiosju", sa Amin.

Vikarien gjorde en måttligt road min. Han hade storblommig hawaiiskjorta. Det eldröda håret låg bakåtslickat för att mynna ut i en lång tofs. Längst ner blänkte ett par svarta finskor med lite för hög klack. Den här människan var definitionen av fel person på fel plats i fel tid.

"Nix, tjugoett."

"Cool", sa Amin.

"Vet ni vad jag heter?"

"Herman", sa Amin.

"Bra, bra." Vikarien pekade på Amin som om han var sjukt smart.

Han fingrade på vår mentor Guns upphängda gitarr på väggen. Ett ostämt ackord bröt ut.

"Spelar ni?"

Ingen svarade.

Vikarien drog fram en plastlåda istället, full med kondomer och p-pillerkartor.

"Brukar ni använda kondom?"

Ett pistolskott genom klassrummet.

Amin gled som en säl på isblock över Kevins och Calles bänk, Kevin tog skinkorna i varsin hand och började jucka Amins rumpa mot bänken.

"I helvete heller! Kondom! Fackin nittonhundratal!"

Jag drog på mig hörselkåporna, vilket fick mig att likna en truckförare. Dessvärre kunde jag höra allting ändå.

Det vibrerade i fickan. Okänt nummer.

"Du sökte mig. Mvh Daniel"

Jag knöt nävarna.

Vikarie-Herman hade riktat hela klassrumsenergin mot Kevin, alla lyssnade uppmärksamt på varför han hatade kondom.

"Plus, plast förorenar fittor", sa han uttrycksfullt, som om han var med i P1. Vikarien nickade överintresserat.

Jag sparade numret som Daniel As. Min våta dröm var att möta upp Daniel Abdollah i soluppgången med pappas basebollträ. Jag skulle på allvar slå honom gul och blå. Men nu var min lilla hemliga plan att stjäla Daniel Abdollahs telefon. Integritetskränkning mot Lilly eller inte: mitt systerskap, och min mättnad på att ingen lyssnade, krävde handling av mig. Jag skulle ta makten över den där knullfilmen. Jag skulle insamla det okrossbara beviset. Idka äkta aktivism. Men inga baseballträn. Jag skulle behöva bli en riktigt sofistikerad bitch.

Men hur?

Jag såg mig om i ödsligheten som var detta klassrum denna blöta torsdag i mars. Mona gled osynligt in genom dörren, kanske hade hon varit ute och spytt. Vikarien drog varsamt en kondom över en inplastad gurka.

"Ni vet redan hur man gör det här, eller hur?"

Vikarie-Herman vände sig mot tjejerna i klassen. De stönade utan att egentligen få fram någon information.

"Mona har gjort det där på mig", skrek Kevin. "Hon kan visa. Kom igen då, Mona! Visa!"

Jag rusade ut ur klassrummet med hörselkåporna på.

Bita hade kemi i sal 102. Hon satt böjd över två kokande provrör iklädd enorma skyddsglasögon.

"Tjabba, Janne. Jag gör knark."

Jag drog ut henne i korridoren. Skyddsglasögonen fick spottstänk stora som paljetter när jag berättade om planen. Bitas ögon börjar alltid lysa av lömska världsomstörtande planer. Det är därför jag älskar henne.

"Du är ett geni, min gud. Svara att du vill börja jobba på hans företag."

"Han kommer döda mig."

"Jag har din rygg."

"Han vet att vi vet."

Bita tog av sig glasögonen och gestikulerade med dem i handen, så som teveprofiler gör när de är viktiga. "Daniel Abdollah är dyrkad. Men smart är han inte. Rädda människor är aldrig smarta. De är paranoida och svarar positivt på falskt smör. Och därför ska du smöra så överjävligt för honom. Säga att du vill bli entreprenör. Få honom att känna att han är en bror."

Telefonen blänkte tom och tung i handen.

"Okej, jag gör det."

Gun Hellman, min mentor, skred genom korridoren i bruna sandaler med smal klack. "Hej tjejer", sa hon och lämnade en doft av kaffe efter sig. "Går det bra för er?"

"Hur bra som helst faktiskt", sa Bita överväldigande. "Tackar som frågar!"

Hon tog tag i min axel och började viska.

"Så här är det. Du är boss. Du ska inte använda dina sexuella kvalitéer. Du ska bara glida in på anställningsintervju, helt jävla high one professional. Så fort han avviker snor du telefonen. Och ringer mig sen. Deal?"

Deal.

Jag gick tillbaka till min lektion. Vikarien stod med en uppklippt petflaska och stack ner kondomgurkan i fittan på den. Jag behövde bara öppna klassrumsdörren för att vilja stänga den igen. Svarade Daniel: "Jag är intresserad av ditt företag. Behöver du anställda?"

Svaret kom direkt.

"Förmodligen, trevligt initiativ. Ser dig gärna för en fika på Konditori Royal kl 18 ikväll."

Deal.

Som om han redan var min boss.

Daniel Abdollah visste inte vem bossen var.

Cykeln rasslade genom snön. Bita bor i de sorgsna hyresradhusen bakom macken, kyrkan och grillen, där bara kriminella, ensamstående mammor och arbetslösa bor. Jag ställde cykeln utanför den tomma lekparken på gården.

Inne hos Bita luktar det evigt ris.

"Hallå!"

Bitas mamma skred fram i innetofflor med smal klack och gav mig en kram. I nacken doftade hon mysk och vanilj, och hon var som vanligt snygg i håret.

"Välkommen, kära Janne. Bita och Lilly är i rummet."

Inne hos Bita är det som att komma till ett slott. Det spelar ingen roll hur fult det är utanpå. Kristallkronor hänger i taket. Värmeljus brinner på soffbordet som är inramat av en vit hörnskinnsoffa full med prydnadskuddar i turkos, leopardmönster och svart. Skålar med pistagenötter och torkad frukt. Två ljusslingor möts i fönstret.

"Janne, är du hungrig? Vill du äta mat med oss?"

"Nej, tack, vad snällt. Jag är mätt."

Mahmoud tog mig i handen. Jag har alltid gillat Bitas pappa. Han är stor och trygg. En sådan som kan ha sin vuxna dotter i knät en hel kväll. Som kan prata allvar med henne. Jag har sett Bita krypa upp där, sett hans varma

41

händer smeka henne över håret och säga hur fin hon är.

Min pappa är mer som en slocknad lyktstolpe. Man vet inte vad man ska ha för användning av den.

Lilly och Bita låg under täcket och kollade på film.

"Möte NU."

Bita slog av filmen.

"Men ska vi inte se klart?"

Lilly såg mosig ut.

"Det är odemokratiskt när Janne kommit in i rummet."

Lilly tittade på mig. Jag satte mig på sängkanten.

"Vad kollar ni?"

"En klassiker. *Nyfiken gul* med Lena Nyman från nittonhundrasextiotalet."

"Utnyttjade inte han henne?"

"Vem?"

"Filmaren."

Rösten sjönk ihop. Kanske hade jag börjat prata om fel sak.

"Vilgot Sjöman, han som gjorde filmen. Jag hörde att han utnyttjade Lena."

Bita gäspade.

"Okej, då är Vilgot Sjöman också *the unmentionable*. Tyvärr hände det för ett sekel sen och vi kan inte börja nysta i det."

"Lena Nyman är död. Fan, så bra hon är", sa Lilly och slog ihop datorn.

"Dom bästa går alltid till historien." Bita höjde högtidligt blicken mot himlen och knäppte händerna. "Och till Gud."

"Gudmöte nu, eller?" sa jag och tog av mig jackan. Telefonen behöll jag i handen.

Bita krånglade sig upp i skräddarställning och riktade sig till Lilly, som såg nollställd ut.

"Vi undrar hur du mår."

Det blev en konstig paus.

"Filmen", gnydde Lilly till svar och pillade upp datorn med stortån. "Jag kommer inte hinna se klart. Janne, du kan väl hoppa in."

"Vi har gudmöte nu", sa jag.

"Och vi undrar hur du mår", sa Bita. "Vi har inte riktigt pratat om det. Inte sen det hände."

"Sen vad hände?"

"Natten hos Danne ... the unmentionable."

Lilly tog sitt långa hår och började fläta det.

"När han filmade", sa jag fumligt.

Det syntes på Lilly att hon ville vråla högt.

"Han har liksom inte våldtagit mig, om ni tror det."

"Lilly, han filmade dig. Höll på med nån jävla grej i dig tills du blödde. Vi fick ju hämta dig. Och snacka med rektorn."

"Prata inte om det."

"Vet du vad du håller på med just nu? Det finns ett ord för det. Det heter *förnekelse*. Fråga Freud."

"Freud är död."

Jag schasade iväg Bita med blicken. Längre kunde hon inte gå.

"Lilly, vad händer mellan Daniel och dig?" sa jag diplomatiskt. "Ses ni?"

Lilly skakade på huvudet.

"Vi ses inte. Han är inte hemma. Har dragit någonstans."

Bita och jag kollade in varandra blixtsnabbt.

"Och du tänker fortsätta vara ihop med honom?"

En knyck med axlarna.

Snart rasar hela världen ihop för henne, tänkte jag. Hon håller ihop ett korthus. Snart väller det ur henne som en hink smält smör och vi får våttorka allting med diskmedel. Jag la mig i sängen och höll om hennes ben. Lillys värme från jeansen var så mild och stark.

Tyvärr vibrerade telefonen i min hand mot benet just då. Jag kunde inte låta bli att känna mig upphetsad. Det dunkade i tinningarna. Jag vinklade telefonen så att ingen kunde se.

Daniel As:

"Jag är här nu. Kom så fort du kan."

En halvtimme för tidigt.

"Kör gudmöte ni två, jag ska shoppa med pappa." Jag sprang mot dörren. "Kolla klart på filmen!"

Min bana ut ur Bitas rum var snitslad av Faribas och Mahmouds vänliga leenden ute i vardagsrummet. Kärnfamiljens trygghet i två åldrade kroppar. Om jag bara kunde bli fosterbarn hos dem.

Förlåt mamma, för tanken.

Daniel As satt vid ett kliniskt svart bord med blänkande metallben. Han hade inte tagit av sig den grandiosa röda jackan. Framför honom stoltserade ett bräddfullt glas latte,

44

en uppslagen dator och en glänsande mobiltelefon.

Tierp high-tech.

Han reste sig och tog mig i hand.

"Förlåt att jag är sen", sa jag nervöst.

"Du är inte sen." Han slog ut med andra handen mot caféets stora väggklocka. "Jag är tidig. Lär dig det. Jag är alltid tidig."

Daniel Abdollah strök undan en svart hårlock från pannan. Varför var han så bedrövligt snygg? Snyggare än en sextonåring kan hantera. Lilly hade till ytan sett gjort världshistoriens hetaste kap. Daniel As såg ut som Zlatan blandat med Justin Bieber: Zlatans kropp och manlighet, Biebers valpiga oskuldsfullhet.

Inget för en bitch.

"Vad vill du ha?" Daniel Abdollah gjorde en gest mot servitören. De kände visst varandra.

"Bara en kaffe, tack."

Servitören gav honom sin uppmärksamhet.

"Samma som mig", sa Daniel och pekade på den enorma latten.

Jag hatar latte. Det känns som att dricka upp ett badkar.

"Du ska inte ha sämre. När vill du börja jobba?"

"Öh ..." Jag erinrade mig mitt ursprungliga, keffa ärende: att söka jobb. Jag försökte ha i åtanke att jag satt framför en hustrumisshandlare, en våldsidkare, och minnas att jag hatade honom. Men jag kunde inte känna något hat. Jag kunde bara drunkna i hans snälla, bruna ögon.

"Grattis till stipendiet för bästa unga företagare!" sa jag

upprymt. Daniel Abdollah gjorde ett smile bakom klunken.

"Jag är inspirerad av dig och vill gärna börja driva eget."

"Intressant. Som?"

"Som ... som konsult."

"Inom?"

Jag såg mig hopplöst omkring. Ett snäpp ifrån oss satt en spridd småbarnsfamilj och snörvlade i sig kaffe och saft.

"Inom familjerådgivning."

"Imponerad." Daniel As höjde på ögonbrynen. Jag anade rädsla i hans ansikte.

"Därför vill jag se hur du gör. Hur man driver. Plus att det är så himla kul att du viker pizzakartonger. Jag har ätit flera pizzor vikta av dig."

Daniel As skrattade. Det sista påståendet kändes lite överjobbat. Som om jag hade sagt något intimt.

Jag fick min latte.

"Nummer ett är att du har ett mål. Och målet är att tjäna pengar." Daniel läppjade på sitt glas. "Så hur ska du tjäna pengar?"

"Ta jävligt mycket betalt."

Vi såg i samförstånd på den förtvivlade småbarnsfamiljen.

"Ett ögonblick. Ursäkta mig." Daniel harklade sig artigt, drog ut stolen och vandrade bort. Min underläpp darrade. Jag släpade det stora varma glaset till min mun. Där låg mobiltelefonen, bara några decimeter ifrån min kropp, och blänkte. Den hade initialerna *D A* på skalet, i ringlande guld. Daniel Abdollah hade hunnit få flera sms under tiden vi pratade.

Han gled in på toaletten. Jag vred mig runt för att se vilka som såg mig. Småbarnsfamiljen var i upplösningstillstånd. Servitören höll på med sin egen telefon. Snabbt som en orm drog jag åt mig telefonen och släppte den i jackfickan. Sekunderna därefter kändes abnorma, som elefanter i hjärnan. När de klampat klart i mitt huvud skred Daniel Abdollah genom caféet.

Jag ställde mig upp, drog på mig jackan.

"Jag måste sticka nu, vi har familjerådgivning. Ring mig när jag kan börja jobba mitt första pass. Jättetrevligt att ses. Hejdå!"

Jag sträckte hafsigt fram handen. Daniel Abdollah såg uppriktigt förvånad ut. Jag brann av criminal highs i kroppen.

"Och förresten", sa jag pliktskyldigt, "vad går jobbet ut på?"

"Du har fokus. Du är grovjobbare. Inget pillande med mobilen, Janne." Han log.

Jag svalde en inbillad citron.

"Och hur är det med Lilly?"

Han höll fast mig, det kändes som om han aldrig skulle släppa taget.

"Det är bra med Lilly. Bara bra."

Efter mötet skulle jag blundcykla hem genom stan och begrava händerna i alcogel.

Inte en lampa tänd. Det stank i hallen av jordnötter och damm. Jag tände i köket. Pappa satt framför köksbordet i mintgröna skjortan. Han måste verkligen ha köpt en hel uppsättning pastellskjortor på ICA Maxi för att se ut som en trippelfärgad glasslåda, och inte en man i förfall. Framför sig på runda vita bordet: en dator. På datorn det vanliga youtube-klippet med Niklas Strömstedt.

Du kom till mig,
våren var som vackrast
när du kom till mig
Om jag vetat det jag vet nu,
när du fanns hos mig
Nu är det för sent

Daniel Abdollahs telefon brände i handen. Skärmen var fylld av sms. Jag släckte den.

"Vad lyssnar du på?"

"Din favoritmusik."

Pappa lapade i sig en näve jordnötter ur en skål. Jag sniffade upp en lukt av öl. Bakom datorskärmen stack ett glas fram. Han tog en klunk. Höll pappa på med en efter-jobbet-öl alldeles för sig själv, klockan halv sju hemma i lägenheten? Jag var så rädd att han skulle börja dricka. "Päronjuicekoncentrat" läste jag på en tetra på diskbänken. Det fick mig att vilja prata med honom. Jag blandade till ett glas framför kranen. Sänkte det snabbt.

"Hur var det i skolan?"

Jag såg in i pappas jagade blick. Pupillen var omgiven av så mycket vitt, som om det snöade i ögonen. Långa rynkor drog från ögonvrån och upp i tinningarna.

"Bajs", sa jag och slog ner glaset i diskbänken. "Har mamma ringt?"

Pappa skakade på huvudet.

"Janne, det är något vi måste prata om."

Jag ångrade så hårt att jag påmint honom om att mamma fanns. Det var ett misstag. Skulle inte hända igen. Jag ville inte höra mer, jag hade sett nog av sorg och längtan i hans kroppshållning, hade redan känt för mycket av den ruttna lukten av hans förfall.

"Om jag får könssjukdomar", sa jag, "kommer jag skylla allt på sexualkunskapen."

"Du har ju Amor."

En djup blick.

Vad menade han? Ångesten i honom var så skamlöst uppenbar. Varv på varv med den sorgliga låten, den skulle ändå aldrig framkalla pappas ungdoms heta, dyngfulla somrar fulla av kropp. Nittiotalet var sönder för länge sedan. Det fanns ingen ångerknapp.

"Mamma har ny gubbe nu."

Det kändes som om han hade stoppat in en blöja i munnen på mig. Låten tog slut. Pappa klickade direkt fram en ny: "Titanic: Music from the Motion Picture".

"Det är skönt att lyssna på lite mysmusik. Får en att slappna av."

"Varför skulle mamma ha en gubbe?"

"Nån elektriker från Avesta. Tio år yngre."

Pappa såg ut som någon som inte var riktigt klok. Han

brast i en brölande gråt som visade upp de gula tänderna. Han trevade efter min hand, men min hand var fridlyst för den här sortens postpubertala sammanbrott. Jag insåg: åren, kärnfamiljen, skilsmässan hade förstört honom. Jag blev tvungen att lämna honom ensam i köket, på stört.

DET FJÄRDE KAPITLET I VÄRLDSHISTORIEN

Halvklart till mulet. Frost på cykelsadeln. Min fitta var praktiskt taget blöt när jag äntrade skolan.

Hela natten hade jag lyssnat på jazz och läst på om misshandelsförhållanden, och mest fått upp sådant som: Rihanna och Chris Brown, Nigella med chokladsmet i ansiktet, plus olika parlörer i feminism.

Jag var bedrövad.

Enligt Stockholms tjejjour var Lillys liv en kvadrat. Nu hade hon bara ett hörn kvar av kvadraten att leva på.

"Grattis på internationella kvinnodagen!"

Mona sprang korridoren fram i bara strumplästen. Ett fång rosor gungade på armen.

"Jag är blomsterkvinnan", wailade hon melodiskt och stack fram en blöt röd ros. Den rimmade illa med tendensen att lukta hundbajs i korridoren. Jag var öppen med min aversion.

"Ge den till någon annan."

"Men jag kan bara ge till tjejer! Fattar du hur mycket taggar jag får i armarna av det här." Mona såg på mig med den anklagande mördarblicken.

Jag blev tvingad till systersolidaritet.

Bakom ett hörn stod Amor och strödde en diskret doft av mansparfym. Jag skänkte honom rosen.

"Grattis på internationella kvinnodagen."

Amor såg förvånat upp från sin telefon.

"Skoja."

Det var komplicerat. Egentligen var mitt och Amors löfte att inte låtsas om varandra, alls. Temperaturen mellan oss fick aldrig lov att stiga. Vi skulle inte vispa upp våra känslor igen, till ett okontrollerat fluff. Det skulle vara som rinnande grädde.

"Vad vill du?" sa Amor.

"Jag är officiellt en kvinna i nöd."

Jag viftade med Daniel Abdollahs telefon. Amor vände på den i min hand och såg initialerna D A glimma till i det kompakta korridormörkret.

"Vad gör du med hans telefon?"

"Ett uppdrag."

"Jag håller inte på med fiffel."

"Jo, det gör du. Tränar rektorn på lösa grunder. Svartkontrakt. Fiffel på högsta nivå."

Amor rynkade näsan. "Okej?"

Jag tvingade in Amor i mörkret bakom två tunga lärarkappor. Vi kom så nära varandra då.

"Janne, vad gör du med Daniel Abdollahs telefon?"

Min kropp rörde vid Amors jacka. Den luktade lite får.

"Daniels telefon har gått sönder och nu vill han att jag ska lämna in den åt honom. Reparatören behöver hans kod."

Amor föreställde sig händelseförloppet.

"Var är Danne själv?"

"Inte åtkomlig. Hjälp mig nu."

Mitt pepprande av auktoritära manligheter fick Amor ur fattningen. Dessutom hade jag sexig röst.

"Vad har du under armen?" sa jag avledande.

Amor drog fram den tunna boken som raspade mig i magen.

"B-r-u-n-o K. Ö-i-j-e-r", bokstaverade jag. "Vem är det?"

"*Om natten viskade Annabel Lee*", viskade Amor poetiskt. "Nobelpristippad."

"Okej, men du får ett ännu bättre pris om du hjälper mig att knäcka Daniel Abdollahs kod."

Amor är kille och har sin intelligens byggd därefter. Han måste behärska all form av teknikalitet. Hur späd och blodfattig han än är. Amor tog motvilligt emot det dyrbara stöldgodset.

"Och läcker du till rektorn ska jag officiellt hänga dig. I pungen."

Jag höll mitt knä väldigt nära hans skrev. Det bultade i hjärtat. Jag hörde Mona sjunga.

"Det där var officiellt ett dödshot", sa Amor gulligt.

Hur mycket älskar jag inte Amor för hans vurm för kvinnlig dominans.

Utanför matten hängde Kevin runt med en ros mellan tänderna. Varje tjej som kom i tid till lektionen morrade han åt.

"Grrr."

I handen balanserade han en energidryck av märket Euro Shopper. Embla skred fram i en stor onepiece genom korridoren, som vilken nallebjörn som helst. Allt jag tänkte på var den där kvadraten som åt upp Lillys liv. Jag gled motvilligt ner på golvet så att ryggen skrapade mot väggens tegelstenar.

Kevin kröp fram på alla fyra.

"Göm dig, Janne", väste han. "Danne har paranoia som en pitbullterrier. Han letar efter dig."

Jag flög upp, redo att göra scouthälsningen.

Kevin flinade som en gris.

"Vad håller du och Danne på med?"

"Förmodligen bara om jobbet igår", sa jag stressat. "Jag stack för tidigt."

"Jobbet?"

"Jag är hans anställda."

Kevin gjorde kuken-i-fittan-tecknet, som verkade betyda att allt var cool.

Inget var cool.

Jag duckade som en efterlyst och slank in på Bitas lektion. Samhällskunskap. Läraren Bengt i sitt esse, gestikulerade vilt med en grön penna i handen.

"Jag var ju med på sjuttiotalet, och ALLT var politiskt. Och i linje med det politiska på sjuttiotalet ville man ju även ha en kvinnodag. Välkommen in, Janne, varsågod och sitt."

Bengt skrev på tavlan:

FN

"FN beslutade på internationella kvinnokonferensen i Mexiko 1975 att kvinnornas frigörelse genom seklet skulle uppmärksammas ordentligt. Kvinnorna hade ju under seklets första hälft fört en rad olika kamper på kvinnonivå. Nu ville man ge det här politisk bekräftelse."

Bengt skrev på tavlan:

Internationella kvinnokonferensen i Mexiko 1975

"Mejico", sa någon med spanskt uttal.

"Kommer det på provet?" sa Mona.

"Ovisst. Men räkna med det", resonerade Bengt. "Nuförtiden uppmärksammar vi kvinnodagen ungefär som vi firar alla hjärtans dag, eller hur?", sa han oemotsagd.

Detta var sanningen.

Om inte Bita funnits.

Om inte Bita funnits, då hade det varit sanningen.

Jag kände att jag behövde en öl.

Bita sa:

"Nu håller vi käften med dravlet, Ralf. Jag menar Bengt. Vad är det du försöker mörka för oss?"

Bita reste sig och for genom klassrummet, drog Bengts penna ur handen och suddade bort den gröna texten på tavlan.

Bengt fick sätta sig på katedern.

Om någon blickat in i min kropp hade den sett ett hav av stjärnor i vackra, hittills oupptäckta formationer.

"Så här är det. Internationella kvinnodagen uppfanns av kommunisten Clara Zetkin redan nittonhundraTIO. Hon och Rosa Luxemburg, aktivist och anarkist, kämpade för kvinnors rösträtt och andra rättigheter som vi nu tar för givet."

"Det heter PRIVILEGIER", avbröt Calle. Han var iklädd en blå träningsoverall med sportklubbens logga och "Carl Karlsson" i vita bokstäver tryckt på ryggen.

"Håll klaffen", röt Bita.

"Det heter KÄFTEN", skrek Calle provocerat.

Då sprack byggstenarna i Bitas tålamod.

"HÅLL KÄFTEN DÅ DIN JÄVLA TIERP-TÖNT!" skrek hon från botten av sin mänsklighet.

Bengt grep in.

"Nu tycker jag att vi inte måste bli så här", sa han lamt. "Det finns faktiskt folk här som vill lära sig om internationella kvinnodagen."

"Men du lär ut fel!"

"Bita", sa Bengt vädjande. "Vi lever i ett informationssamhälle. Vi har tillgång till ett enormt flöde av informationskällor. Då gäller det för oss att sovra. Sortera. Och där kommer vi lärare in i bilden."

Han vände sig till hela klassen.

"Idag gnälls det ju på svenska skolan. Och där skulle jag vilja slå ett slag för lärarrollen. Ni måste lita på oss lärare. Det är vi som har kunskapen. Inte ni."

Bengt norpade tillbaka pennan ur Bitas hand. Han skrev:

FN:s internationella kvinnokonferens i Mexiko 1975

"Nu håller vi oss till FN", sa Bengt.

Jag såg att Bita grät bakom håret. Calle njöt av att finnas till. Det finns inga gränser för den här sortens genomskinliga terrorism. Jag dog av tanken på de fallna hjältarna Clara Zetkin och Rosa Luxemburg.

"Du sa inget", sa Bita på rasten medan förra månaden februari kastade sina sista isvindar över oss. Det drog kallt ända in under behån.

"Hallå, du sa inget!"

Hon greppade tag i mina axlar. Jag kände mig som en tallrik pasta med pesto, det svenskaste som finns. Ett halvår fullt av mörker.

"Janne, varför försvarade du inte mig?" Min kropp jamsade med i hennes ryckningar.

"Du säger inget nu heller."

"Lägg av", sa jag trumpet.

Det svåra med Bita är att hon alltid kräver full sysselsättning när det kommer till kamp. Så fort det handlar om sommarjobb och praktikplatser är hon slapp som en mjukisbyxa.

"Det enda hållbara är handlingar, Janne. Det vet du."

Hon snörvlade med näsan.

"Jag ska fan börja ha tårgas i väskan. Ifall Calle jiddrar med mig igen."

"Eller Bengt", sa jag.

Det bet inte på Bita.

"Jag vet att du håller med mig, Janne", sa hon. "Du satt säkert där och grät småtårar över hur himla bra jag var. Men vem fackin bryr sig? Du måste sluta vara så feg och försiktig."

Bita sparkade i en driva snö.

"Annars kommer du bli som Gun Hellman som tycker det räcker med att skänka pengar till Rädda Barnen."

Eller som pappa, tänkte jag när jag fick syn på hans krängningar genom skolgårdslandskapet. Han höjde handen till en passiv hälsning för att slippa se åt oss. Pappas höfter är breda, som en kvinnas.

Mamma. Var fanns hon när jag som bäst behövde henne? I en man från Avestas armar. En egenföretagare. En fucking elektriker. Jag fick till en akut spyhulkning och täckte över käken med kupad hand.

Bita räckte mig läppstiftet.

"Sätt på dig det här ikväll", sa hon neutralt. "Och fuck jämställdhet."

Klockan åtta var det åttonde mars-fest i matsalen.

Jag sa inget om att Daniel Abdollah var ute efter mig och att jag strax måste dra hem och gå under jorden i ett skyddsrum. Någon kamp skulle jag väl bli tvungen att ta själv.

"Janne?"

Amors huvud kikade fram från skolväggens bruna tegelstenar. Jag hade honom i blickfånget mellan benen när jag låste upp cykeln.

"Jag har slutfört mitt uppdrag."

När jag sträckte fram handen för att ta emot telefonen drog han den åt sig.

"Vad får jag för det?"

Jag släpade en prasslig plastpåse över sadeln. Folk gick

i lämmeltåg bort från sista lektionen i aulan, en gemensam föreläsning om jämställdhet.

Det var ingen som såg oss.

"Kanske en kyss?"

Amors Bruno K. Öijer-bok låg hårt hoprullad i den stora kavajfickan. Jag drog honom till mig. Amor hade läpparna mjukt öppna, lena som innanmätet på ett blåbär en sommardag i skogen med pappa.

De var lite för öppna. Vi drog runt tungorna tre gånger. Sedan fick det vara nog.

"Hur var feministföreläsningen?" frågade jag.

"Så sjukt bra."

Amors lockiga hår krullade sig ut ur mössan. Han log.

"Vi gör om det nån gång. Säg till om du behöver hjälp med vad som helst."

"Tack, Amor."

När han cyklade iväg på enhjulingen kände jag mig helt tom.

6666. Easy does it. Förmodligen hade jag nu även Daniel Abdollahs bankomatkod. Jag låg på mage i sängen. Andningen var ett helvete. Som om syret inte riktigt räckte till. Plötsligt visste jag hur det är att vara kriminell. Det pirrade i fittan. En högspänningsledning mellan benen. Varför blir man kåt när man gör något förbjudet? Det här var högst förbjudet. Det här var att stjäla telefoner och smygtitta när ens kompis har sex.

Jag tänkte på mina och Amors knullerfarenheter. Inte så

lyckat. Inte så raffinerat. Som det här: Lilly på sängen i svart spetsbehå medan Daniel Abdollah sög, slickade, huvudet nergrävt mellan benen, hans kåtlockiga burr mellan hennes lår.

"Visst är det skönt?" väste han.

Lilly gav ifrån sig ett ljust, stötigt ljud till svar. Hon jamade. "Ja, ja!"

Är det så man har sex?

På skärmen trevade Daniels hand efter något som låg bredvid Lillys utslagna ben på sängen.

Dildon. The master-fucking-dildo.

Åh gud, den var enorm.

Jag tänkte skamset på Amors lilla snopp. Något växte i magen, en mix av vämjelse, pirr och skam. Jag tryckte mina höfter i madrassen. Nu skulle slakten av Lillys fitta börja. Daniel Abdollah höjde armen till ett tecken bakåt, åt kameran. Och kamerabilden fladdrade till. Herregud, det var någon som stod där, och filmade. Var det Kevin?

Blodet tjocknade i ådrorna. Jag tänkte på kvadraten. På Lillys kvadrat som hon var instoppad i. INPIPPAD i. Jag tänkte på Amnestyskylten som hängde i skyltfönstret inne i Uppsala: *Vet du varför flickor och kvinnor inte har rätt till sina egna kroppar?*

Nej. Det vet jag inte.

Något brakade till. Daniel Abdollah stack in dildon i Lillys kropp. Fort, fort, den sjönk in och kom tillbaka. Försvann och kom igen. Jag tryckte huvudet i kudden. Läppstiftet smetades, kudden blev röd.

Jag trodde att jag visste vad ångestskrik var. Jag trodde att jag hade hört tonårens ångestskrik i skolan. De här skriken kom från en slaktad gris. Jag knöt benen runt mitt eget underliv, sänkte panna, huvud, tinningar, tankar under flera kuddar, säkert hundra.

Det ringde på dörren. Kroppen flög upp som på reflex, jag släckte reptilsnabbt telefonen, bäddade in den bland de sista rena trosorna i garderoben.

I hallspegeln avtecknades detta djur som var jag. Rött läppstift i hela fejan. Som en hora.

Ryckningar i handtaget. Hur vilsen och utelåst pappa än var skulle han aldrig få för sig att rycka våldsamt i dörren. Somligt vet man om sina föräldrar. Det mesta vet man inte alls.

"Hallå!? Janne? Är du där?"

I postnedkastet blänkte Daniel Abdollahs röda jacka.

Jag låste försiktigt kedjan till säkerhetslåset. Nu låg jag riktigt illa till. Det var dödstyst i lägenheten. Jag såg på klockan i köket: den var tre. Klockan tre en fredagseftermiddag håller varje vettig människa i Tierp på att planera sitt fredagsmys. Den trötta hjärnan är insvept i plastfolie i den ringlande kön på ICA. Det enda som hjälper mot ångest är öl och socker. Om Daniel Abdollah mördade mig nu skulle ingen i hela Tierp höra.

"Vem är det?" harklade jag mig.

Jag kikade i titthålet. Den röda stora jackan rörde på sig.

"Du måste hjälpa mig, Janne. Jag behöver din hjälp."

Han såg uppriktigt förkrossad ut.

"Vadå med?"

"Öppna."

Min vardag bestod inte av maktfulla våldsidkare som visste min adress.

"Hur fick du veta var jag bor?"

"Lilly."

Han måste skoja. Var hon så våldstraumatiserad att hon måste bussa sin pojkvän på mig, för att få lite terrorbalans?

"Jag kan tyvärr inte öppna", sa jag beklämt. "Min faster är på besök och hon är sjuk. Det är en smitta du inte vill ha."

"Vadå för smitta?"

"Sjukhusvirus."

Daniel Abdollah suckade ljudligt ute i trapphuset.

"Janne, min telefon har blivit snodd. Jag blev rånad på Royal igår. Bara du kan hjälpa mig."

Klick.

Dörren gick upp som av sig själv.

"Du har nåt i ansiktet." Daniel Abdollah rörde vid min kind.

"Jag vet, det är clownsmink."

"Clownsmink?" Daniel tog av sig jackan. Ur fodralet steg en lukt av ångestfylld mansparfym.

"Ja, du vet, vattenfast. Jag brukar öva cirkus ibland med min kusin."

Jag var praktiskt taget dödsdömd. Daniel As höjde på ena ögonbrynet.

"Och med Amor?"

"Och med Amor, verkligen."

Räddad av manligheten.

"Hur går det med kartongerna?" fortsatte jag.

Han tog sig för pannan.

"Janne, du är mitt enda vittne. Såg du nåt avvikande? Såg inte den där småbarnsfamiljen jävligt fail ut? Fattiga jävlar."

Jag sparkade undan pappas sprängfyllda sportbag i hallen.

"Inte direkt."

"Har du ett rum?

"Där ligger faster."

Daniel As klampade före mig in i lägenheten. Det var inte mycket att se. Vi har en dammig Klippan-soffa i vardagsrummet, den billigaste på Ikea, den har stått där sedan jag var fem. En gång i tiden var den denimfärgad. Nu är den grå. På sidan hängde en grön fleecefilt.

I fönstret var eftermiddagssolen på väg ner.

Daniel Abdollah sträckte ut sig i soffan. Två bananer putade upp ur en fruktskål. Min rumsdörr stod halvöppen. Därinne, i garderobstrasslet av trosor, låg Daniel Abdollahs telefon begraven. Det gick upp för mig att det kunde börja ringa i trosorna närsomhelst.

"Vill du ha en banan?"

"Nej, tack, jag äter inte giftbananer."

Daniel Abdollah spände ögonen i mig.

"Janne, jag vill att du följer med mig till polisstationen. Vi ska anmäla."

"Nu?"

"Inte nu. Det är fredag, kom igen. Du ska på fest. Men på måndag. På måndag. Deal?"

Daniel Abdollah reste sig ur soffan. Han tog mig i hand. Jag hade inget bra sätt att ursäkta att min hand var ovanligt svettig. Han svingade upp bananerna, gick in i köket och öppnade skåpet under diskhon där alla svenskar förvarar sina sopor, släppte ner giftbananerna i prasslet och gick.

När pappa kom hem stod jag kvar i vardagsrummet i samma position. I hjärtat spelade ett helt manslag fotboll. Pappa hade en vit systemetkasse i varje hand.

"Nu är det bråttom. Borås väntar. Vi tjänar på det om vi åker bil. Roffe lovade köra upp och hämta mig. Och GLÖM inte att ha kul nu, gumman."

Pappa satte igång att rafsa ner systemetkassarna i den redan sprängfyllda sportbagen. Ett våldsamt klirr. Han öppnade hallgarderoben, drog fram en svart ryggsäck och pulade ner dem där.

"Passar perfekt. Jag lovade gå till systemet i gengäld."

Hans ögon lyste. Det såg ut som något som jag mindes. Rester av ett annat liv. Ikväll kanske någon skulle säga till honom att han var fin.

"Sköt dig, håll reda på husnycklarna, det finns pizza i garderoben, frysen menar jag, och talla inte på mina flaskor nu."

Han hade klampat fram och kysst mig i pannan. Luktade rök.

"Inget tall. M-hm?"

Han höll om mig lite för hårt.

"Grattis på kvinnodagen", sa jag lamt.

Pappa gjorde en fångande gest med näven. "Vet du. Nu börjar det! Livet. Se till att ha kul så länge det varar. Carpe diem!" Han ställde sig framför hallspegeln med hårspray sprutande i ett vilt kaos över frisyren. Munnen glappade, underkäken åkte ner.

"Var är resten av din klänning?" frågade han med en egendomlig blick. Jag hade dragit på mig en klänning utan axelband.

"I ditt huvud", sa jag.

Pappa ville inte riktigt förstöra stämningen.

"Har du ätit upp bananerna?"

Jag lommade bort mot soporna och drog upp dem med ett prassel. Blicken han gav mig var: Det är inte läge att börja fråga.

DET FEMTE KAPITLET I VÄRLDSHISTORIEN

"Mamma?"

"Hör pappa att vi pratar nu?"

"Nej, han chillar vid datorn", ljög jag.

"Bra."

"Är du på ditt rum?"

"Ja."

Paus.

"Hur mår du?"

"Jo kära hjärtat, jag mår jättebra faktiskt. Och så var jag till vårdcentralen. Mina värden är bättre."

Mamma pratar svagt av norrländska och har en märklig typ av blödarsjuka. Därför fick hon bara ett barn. Om hon slår upp ett sår måste mediciner stoppa blodet. Kroppen klarar det inte själv.

"Vad skönt."

"Men nu har jag ont i foten igen. Det är pinsamt. Gikt heter det."

"Var är du?"

"Gumman, jag är i Avesta. Sa inte pappa det? Jag bad

honom berätta. Vi har ju inte hörts på ett tag."

No shit Sherlock. Bakom mig hade jag ett slocknat halvår av höst utan mamma. Jag svarade aldrig på sms. Men klart att jag hade saknat henne. Det är en egen punkt i kroppen. Ett eget organ. Mammakärleken. Utan en mamma börjar hela kroppen bete sig annorlunda. Jag kände det som ett hål. Ett hål jag ville fylla med vad som helst. Cigaretter, folköl, ensamma människor på internet. Dessutom var jag nykriminell. Det hade vuxit ett berg av saker jag inte längre kunde berätta.

"Mamma, kommer du ihåg när du var ung?"

"Är det nåt särskilt du tänker på?"

"Lilly. Hon är lite illa ute. Hon har kille."

Mamma skrattade.

"Har hon en kille? Spännande." Det var med rösten som tror att man fortfarande är tio år.

"Alltså, hon har haft honom sjukt länge, de är typ en ENHET. Alla i Tierp vet att de är ihop."

"Inte jag", skrattade mamma.

"Men du är ju inte i Tierp."

Jag svalde. Det var ett annat sätt att säga: *du är satt i skuld.*

"Men gumman, jag HÄNGER bara i Avesta ett litet tag."

Hon ville försöka prata mitt språk. Det var uppenbart att vi inte hade något att säga varandra.

"Hur är det med pappa?"

SÄG det inte, tänkte jag. SÄG det inte. Du pratar bara med mig om saker som är intressanta ur ditt eget perspektiv. Inte någonstans orkar du lyssna på MIG. Tierp kunde sprängas i bitar. Det händer till och med här, med jämna mellanrum. Folk blir mer och mer flippade. Sprängda lägenheter, bombdåd, skottlossningar. Mamma skulle ändå fortsätta att bara bry sig om sig själv.

Jag bestämde mig för att betrakta mamma Julia som sjuk. Patologiskt självupptagen.

Mellan dessa två poler till föräldrar står jag.

"Pappa drar till Borås med Roffe Borg", sa jag.

Tyst i luren. Jag kände att telefonen var överdrivet varm.

Tonårstiden: Jag kommer att minnas den som en gravt ensam tid där samtliga beståndsdelar av livet hela tiden måste hållas isär. Det här uppdelandet tar för mycket av min tid. Jag hinner aldrig känna mig som en gud.

"Lilly, i alla fall, är ihop med en kille som gör henne illa. Han är våldsam. Och nu har han blivit min chef. Jag har fått jobb på hans pizzavikning."

Jag slog på teven för att stå ut med att prata så länge om svåra saker. *Paradise Hotel.* Mariana satt i en solstol med magtröja och en ölburk som balanserade på den nakna magen. Hon hade svullna läppar.

"Så trevligt", sa mamma.

Hon missade poängen.

"Ja, JAG är inte rädd, men vad ska vi göra med Lilly? Först ville hon ha vår hjälp, nu vill hon inte längre. Det funkade inte att snacka med rektorn."

"Det är farligt att älska män, att sätta sin tillit till kärleken."

Mariana trillade av sin solstol.

"Va?"

"Förresten hörde jag så hemskt på radion. De tillfångatar flickor och kvinnor och håller dom fångna i Syrien. Väljer ut alla som är över tio. Och våldtar dom. Så fruktansvärt, Janne. De blir sexslavar. Jag skulle så gärna önska att du ..."

"Att jag vadå?"

Jag kände mig inte kopplad till kvinnorna i Syrien. Inte just nu.

"Ja, att du tar hand om dig."

"Jag är sexton år, mamma. Varför tar inte du hand om mig?"

Det hördes ett ljud i bakgrunden. Var det Uffe, Urban, Tommy eller vad elektrikern nu kunde heta? Med firmabil och allt. Han knullade säkert min mamma direkt i baksätet på bilen. Körde runt henne mellan husen. På det fiffiga sättet kunde min mammas sjukskrivning vara hur länge som helst.

Men mig ville hon inte träffa.

"Snälla, såna saker vill jag inte höra, Janne. Inte från dig. Du vet hur mycket jag älskar dig."

För mig var orden lika med noll.

Vintermörkret låg tjockt. Jag hade mammas vantar. Från skolgårdens övergivna fredagsparkering rullade en sista liten bil ut. Rektorns vita Audi. Hon höjde handen till en ödslig hälsning. Jobbade hon över på fredagar? Hade hon övat foxtrot med Amor? Nu skulle hon hem till den blodiga oxfilén som hennes äkta make tillagat.

Det här är terrorism, tänkte jag.

Det enda som händer en fredagskväll i Tierp: gå till Filadelfiakyrkan och få gratis kaffe och kex. Sup skallen gul och blå på Brorsans restaurang. Sitt bakpå en kompis brorsas kompis moppe.

Eller gå till åttonde mars-festen som skolan anordnar. En röd ros i kartong hängde över matsalen. Det här började likna Socialdemokraternas partikonvent. Det hade glatt min mamma Julia. Hon älskar Socialdemokraterna. Hennes pappa var stenhuggare. Utan Socialdemokraterna hade hon aldrig huggits ut till den lärare hon är.

Ljuset i min överdimensionerade kärlek till mamma hölls på sparlåga. Ett litet, skruvat bloss. Jag skulle behöva göra som alla andra: dränka min föräldrasorg i myriader av nya, unga kroppar. Så mycket som hade failat i min värld bara de senaste timmarna. Vem i världshistorien förutom pappa och Roffe Borg drar på weekend till Borås? I fucking mars? I Roffes slitna Fiat?

Jag spände händerna i vantarna. En sak var säker: Jag skulle få ta hand om spillrorna efter den misslyckade raggningshelgen själv, på söndag klockan 21. Då skulle sorgen i pappas hjärta brisera och jag få rycka ut.

Och jävla Daniel Abdollah som hade mig i sitt garn.

Där stod i alla fall Lilly.

Jag skämdes när jag såg på henne. Daniels lukt satt fast i andetagen. Hon bjöd mig från cigarettpaketet.

"Nej, tack."

Hon hade tröjan där en tiger gapar och flashar med

tänderna på framsidan. Calle stod bredvid i t-shirt. Båda huttrade.

"Bita är inne. Om du vill gå in alltså", sa Lilly.

"Vad ska ni göra sen?" frågade jag.

"Tror det är hemmafest hos Kevin. Jag ska sova hos Danne."

Det kändes som om tigern när som helst kunde hugga.

I matsalen luktade det värmeljus. Heliumballonger hängde i taket. Bita var inne i en djup diskussion med en lärare.

"Det behövs alternativa vårdinsatser, de papperslösa vågar inte gå dit. Därför funderar jag mycket på läkaryrket. Jag är inte rädd för blod heller."

Nej, du är inte rädd för någonting, tänkte jag.

"Det är en fantastisk tanke", svarade Gun Hellman och pillade på sin röda ros. "En fantastisk tanke."

"Men det är inte bara en tanke." Bita såg ställd ut.

Jag tog henne på armen.

"JANNE!" Hon kramade mig överfallande. Bita är inte långsint. Hon kände av kalibern på min kram.

"Men, är du inte glad? Har du tappat ditt läppstift, flicka?"

"Jag är ett kriminellt skilsmässobarn. Fattar du."

Jag var i stadiet när man bara önskar att man pratade göteborgska. Vi gick mot långbordens halvtomma chipsskålar.

"Vad ska vi göra? Det känns som om gudarna glider isär."

Bita tog mig under armen.

"Kom, vi går in på toa."

Jag haffade en näve dillchips i farten. Utanför glasdörrarna såg jag Daniel Abdollah glida upp och lägga armen om Lilly.

71

Som en jävla Don Juan. Två timmar hade gått sedan han invaderade mig i min innersta sfär. Den där blodröda parfymjackan mot Lillys tunna tigertröja. Jag såg deras kyss. En fjäril rörde sig i mitt bröst.

Jag var avundsjuk.

"Well?" sa Bita och låste toadörren. "Krackelerar allting? Vi får ha gudmöte själva. Lilly behöver tid."

"Jag har kollat in knullfilmen nu i alla fall. Amor knäckte koden."

Bita fick ett leende som om hon nyss beviljats ett fett sms-lån.

"OCH?"

"Och det är helt sjukt, för det är typ nån som filmar."

Bita drog upp en folköl ur jackfickan.

"Nån som filmar? Vem?"

"Vet väl inte jag."

Bita förberedde sig för strid genom att måla läpparna knallcerise.

"Bra jobbat, min gud. Vi kommer att klara det. Bara vi håller ihop."

Hon öppnade ölen. Jag föll i jordens störtigaste gråt. En hel tunna som ville välta.

"Men så står han där, och allt är som förut, och Lilly ba 'Jag ska sova hos Danne ikväll', fast man VET vad som kommer hända, och hon VILL ju inte egentligen men ..."

Bita räckte mig ölen. Jag snörvlade tonårsdreglet tillbaka in i kroppen.

"... ändå *vill* hon."

"Jag vet", sa Bita tröstande. "Det är ett olöst mysterium. Men vi ska lösa det. Jag lovar, vi kommer att lösa det."

Vi klunkade ölen växelvis. Alkohol: jordens överlägset bästa medicin för ohållbara lösningar.

Vi gick ut och betraktade spektaklet i matsalen. Två lärare var utklädda, en till sjuksköterska, en till kvinnlig polis. De gick och håvade in pengar som skulle gå till Tierps kvinnojour.

I hatten låg bara några kronor.

Tierps gator luktade av kattmat som legat och blivit rostig i en burk. Vi cyklade hand i hand genom stan till Kevins fest.

"Bita, du sover väl hos mig inatt? FF hela helgen."

"KF, menar du." Bita exploderade av skratt. "Kent-fritt." Bita hatar bandet Kent. Hon hatar alla band med män. Förutom Michael Jackson.

Folkölen fick mig att känna mig underbar. Som om livet skjutsade mig. Jag behövde inte trampa. Någon sjöng för mig. Jag kände mig som en kyrka måste känna sig. Okrossbar, upphöjd och from. År ut och år in. Pengarna strömmar in av sig själva.

"Klart jag sover hos dig. Men om Lilly blir avundsjuk?"

Vi var framme vid Kevins turkosa radhus. Hans mamma jobbar med att prata i telefon på Försäkringskassan. Pappan har stuckit till Finland med sin nya brud. Musiken pumpade ut från de tunna väggarna. Daniel Abdollahs vita vespa stod utanför.

"Vänta", sa Bita. Hon tog mig i armen och nickade mot

fönstret. Därinne var vardagsrummet.

"Det är nåt skumt med det här."

"Vad?" sa jag.

"Amor är där."

Vissa saker är skrivna i Tierpsten. Till exempel att Amor Lindgren aldrig skulle sätta sin fot på en fest hos Kevin Fält.

"What tha?" viskade jag.

Bita tog mig i midjan och drog upp mig så att jag skulle se. Där stod Amor, med sitt slängande lockiga hår, vars mjuka läppar fortfarande bar på mitt DNA, om någon kriminaltekniker skulle vilja göra ett prov. En meter och åttiosex centimeter. Han smådansade samtidigt som han böjde sig över Linn Hoffman i BF14 och viskade saker i hennes öra. Hon skrattade åt allt han sa.

"Han glider Tierp runt och säljer in sina moves till allmänheten", viskade Bita. "När ska Tierp förlora honom för Los Angeles?"

"Inte Los Angeles", väste jag. "San Fransisco."

"Är Amor bög?"

"Jag kommer att göra honom till bög", viskade jag allvarligt.

"Ska vi inte gå in?"

Bita betraktade mig med bekymmersrynkan påslagen.

"Lilly måste vara där! Vi smyger runt huset och ser om vi hittar henne."

Vardagsrummet fortsatte i flera fönster. Stämningen på festen var hundra procent. Precis innan allt välter. Sekunderna innan någon blir intryckt på toaletten och tvångshånglad.

Jag fick en tagg i magen. Tierp var plötsligt så ödsligt och tomt, som om gatorna var bredare, och Kevin Fälts fest mycket läskigare, bara för att pappa inte var hemma ikväll. Snödrivorna var högar av lik att kliva över. Kalla, nyss levande. Jag försökte stå på tå på skaren, men foten sjönk.

"Ducka, ducka, ducka", väste Bita. Vi hade rundat huset. Stod vid ett litet fönster. Därinne lyste en blek lampa.

"Dom ligger därinne och knullar, jag dör", sa hon.

"Du skämtar."

"Du måste se. Håll käften och stå still." Bita tryckte upp mig mot väggen. Därinne såg jag min bästa kompis Lilly stå på alla fyra i sängen som en hund. Bäddningen låg nervält på golvet. Daniel Abdollah klättrade över henne, när han jobbade sig in såg det inte ut som man föreställer sig sex, snarare som ett danspass på Friskis & Svettis. Rörelserna var helt klart överspända. Det såg ut som om hela kroppen skulle in.

Något brakade i min kropp.

Kom ut, tänkte jag. Kom ut istället, Lilly. Jag såg upp mot de kalla stjärnorna. Varför är den sexuella akten mellan kvinnor och män så himla tveksam? Så osmaklig. En blandning av slakt och njut. Min kropp var också tveksam. Det var en mix av tangerad kåthet och djupt och gruvligt äckel.

"Njuter hon?" Det kändes som om Lilly svek.

Bita drog upp ännu en folköl ur dunjacksfickan.

"Drick", sa hon.

Jag drack.

Vi kändes som två fjantar som kollade på porr.

Varför var det så annorlunda med Amor?

Amor och jag. Vi älskade varandra i åttan. När vi låg första gången var det i en bastu i föreningslokalen på vår gård. Vi hade hyrt den för att vi varit kåta så länge, och kåta åttor har ingenstans på jordens yta att ta vägen. Jag tyckte att hans resta snopp såg ut som en levande dinosaurie. Vi låg på bastubänkens träplankor och gjorde våra kroppar heta, blandade ut huden med den andra tills gränserna inte kändes längre.

Vi visste inte vad som var SEX.

Vi bara gjorde något som vi tyckte om.

Vi andades. Kysstes, och andades.

I jämförelse var Lilly och Daniel Abdollahs grej ett skådespel, en akt som gjord för att vara filmad, som om de visste att vi stod och såg på.

"Nej, what tha fackin fail!"

Bita viskade inte längre. Jag blev medveten om en lyktstolpe på trottoaren som eventuellt ljussatte oss, ifall någon golare gick förbi. Bita föste upp mig igen så att jag dunkade in i den turkosa väggen.

"Ser du kopplet?"

"Piskan menar du."

Daniel Abdollah höll i en svart stång med ett långt snöre på och daskade Lilly på rumpan som en kusk.

"Nu JÄVLAR. Är du med eller inte, Janne? Jag bryter mig in."

Jag tänkte att det vore mycket opassande om jag, som hade en professionell relation med Daniel Abdollah, plötsligt dök upp som en tjomme mitt i hans sex.

Jag la mig raklång ner i snön.

Bita bankade hårt på rutan.

"Här kommer jultomten! Finns det några snälla barn härinne eller? Nä, tänkte väl det. ÖPPNA FÖNSTRET!"

Jag blundade som en blådåre.

Vad som sedan hände har jag fått berättat för mig i efterhand.

Daniel Abdollah flög ur Lilly med snoppen i vädret, en överdimensionerad sak som vajade som en uppblåsbar badkrokodil i vinden. Ögonen lyste som hos en paranoid pitbullterrier. Piskan höll han som ett vapen mot Bita i fönstret. Lilly på sängen hade inte kunnat låta bli att skratta, krocken mellan hennes världar måste ha varit för stor. Daniel Abdollahs snygga rumpa och svarta hästpiska, på fötterna hade han strumpor, Bitas röda toppluva i fönstret utanför.

Alla hade skrattat utom jag.

Bita sov inte hos mig den natten. Jag fick rulla in mig i tre fleecefiltar och se på repriserna av *Paradise Hotel*, kanske borde jag ha sett *Vänner* istället, något med humor. Det var den åttonde mars och det kändes som om jag hade grävt upp mig själv ur en grav.

DET SJÄTTE KAPITLET I VÄRLDSHISTORIEN

Om någon hade gett mig en flaska champagne när jag vaknade den nionde mars hade jag klunkat den som vatten. Men vem skulle ge mig en flaska champagne? En skrumpen gurka låg på kylskåpsgallret. Jag hällde ut en grön mjölk med utgångsdatum för flera dagar sedan. Det blev små rännilar av vita klumpar i vasken. Spermier på fettbeläggningen. Jag reflekterade i fem sekunder över hur enkelt det måste vara när en spermie fastnar i ett ägg. Inga konstigheter. Denna fullkomligt banala enkelhet kompenseras sedan med trumpetfanfarer och mängder av religiösa skapelseberättelser.

Allt för att täcka över kärlekens pyttighet.

Lite längre ner i kylen: en halvöppen konservburk fiskbullar i hummersås. Jag gläntade på täcket av aluminiumfolie.

Åh, the sweet fucking doft av förruttnelse.

Vissa kylskåpspjäser ska man bara lämna ifred. Låta år efter år passera, så att innanmätet demoleras av sig självt. Bullarna stack upp som vita testiklar i såsen.

Det fanns en tid när mamma och pappa tände ljus och

värmde brieost i ugnen som de åt med varm hjortronsylt från mormor i Umeå. Pappa brukade skratta åt mamma.

Som om mitt hjärta flamberades.

En gång i tiden mammas dyrgrip, sedan en snabb, förtärande eld, och jag kunde hamna i rännstenen nästa dag.

"Kan du köpa brieost?" sms:ade jag Bita.

"Är du från vettet snobb", kom svaret.

Men det gick inte ihop. Jag hade ätit frukost hemma hos Bita. Då fick vi färska jordgubbar, getost, valnötter, blommigt te och en smoothie på blåbär och banan som Fariba gjort i mixern. Dessutom färsk rucolasallad.

"Bara för att du är här", ursäktade sig Bita. "Allt är från Lidl."

Men jag misstänkte att det någonstans från ett privat konto i Iran flödade en massa pengar.

I Tierp är fattigdomen dygd. Jag brukade få brödkanter med Lätta, BOB apelsinmarmelad och genomskinlig lättmjölk till frukost.

På väg till Centralstationen cyklade jag med Kieszas cover av "What is love" i lurarna. Jag sjöng högt och tänkte på mamma:

I don't know, why you're not there
I gave you my love, but you just don't care

Undergången briljerar i halv fem-mörket på Tierps Centralstation. Ett noppright syntettäcke ligger och kväver hela stan. Det är sådant som får dig att förstå att du kommer att dö ung.

Bita kom lufsande med en full Willys-kasse i handen.

"Chips, ostbågar, popcorn, Cola, Fanta, Ahlgrens bilar, Gott och blandat, kokosbollar och ett sexpack."

Bita är den av oss som har falskleg. En äldre kusins. Hon säger att suedis inte kan skilja på iraniers ansikten ändå.

"Har jag glömt nåt?"

"Cider", sa Lilly i sin stora, gröna bomberjacka. "Och kanske ett förlåt?"

Hon vägde demonstrativt på ena benet, så att det skulle vara omöjligt att stå emot. Jag fick rycka ut. Bita behövde koncentrera sig på att inte tappa Willys-kassen. "Vi är gudar, vi använder inte ordet förlåt. Ikväll ska vi åka jorden runt för din skull. Okej?"

Lilly relaterade.

Jorden runt är att ta en gul buss, vilken som helst, och åka med den till ändhållplatsen. Väl framme stiger man av, insuper variationen i den uppländska atmosfären, och hoppar på nästa buss till nästa ändhållplats. Man kan komma till Östervåla, Heby, Enköping, Bålsta, Västerås. Sala, Alunda, Östhammar, Almunge, Knutby. Knivsta, Järlåsa, Gimo, Öregrund.

Poängen är bara att sätta Uppland i rullning.

"Du glömde min brieost", sa jag.

Bita tog upp en folieinlindad sak ur jackfickan.

"Tinad getost från mamma."

Jag smälte av ömhet.

"Tack!"

Vi klev på buss 821 från Tierp till Uppsala. Det är alltid hoppfullast att börja med Uppsala. Veta att det finns en länk till verkligheten. I Uppsala bor det verkligen folk som pendlar till Stockholm. Som lever sina liv i en portfölj på ett tågsäte fram och tillbaka.

Lilly kröp upp längst bak med sina långa, snygga ben i ett fodral av svart tajthet. Det skulle vara mycket möjligt att Lilly en dag fick jobb som modell. Till dess skulle jag göra allt i min makt för att hindra den möjligheten. Vissa människor är svårt vackra, och de går svåra öden till mötes. Det är bättre med oss som ser ut lite hur som helst. De vackra är bundna till en bransch som behöver dem som modeller, servitörer, inkastare, go-go-dansare och kuttersmycken. De blir alltid flickvänner till fel män.

Lilly höll på med telefonen.

"Vill du ha öl?" sa jag.

Hon grymtade med näsan.

"Låt henne vara", sa Bita. "Ät din getost."

Jag smällde upp "What is love" med Haddaway på öppen volym.

"Stäng av", sa Lilly.

En ilsken person i övre femtiofemårsåldern vände surt på huvudet.

Uppland kom med ett dån. Vi for förbi orterna Vendel, Örbyhus, Björklinge, Svista, Läby, Högsta, Lövstalöt, Gränbytä, Drälinge, Bälinge. Ett par slocknade jourlivs med GB-gubben vajande i vinden. För evigt igenbommat och dött.

81

Bita tog fram paddan och förklarade att nu skulle Lilly få se något som hon sent skulle glömma, kanske skulle hon få en chock, och därför hade vi tagit med en spypåse. Hon vecklade upp Willys-kassen framför Lillys ansikte, som om det var sjukt genomtänkt. Lilly reste på sig.

"Skulle vi inte se *Vänner*?"

"Det här först", sa jag.

Bita sa:

"Om du blir spysjuk kan du sätta dig längst fram på rull-stolssätet."

Hon var helt seriös.

"Vad håller ni två på med?"

"Vi håller på med en viktig grej", sa Bita.

Du kommer att tacka oss, tänkte jag.

Jag var bara inte helt övertygad.

Jag tog en tugga av getosten. Klockan var strax över fem på eftermiddagen. Det här var mitt första inmundigande av mat denna sörjiga lördag i mars. Lite fel sak att äta. Jag spottade ut osten i mellanrummet mellan väggen och elementet när inte Bita såg.

Hon tryckte på play. Lilly drog bomberjackan över hu-vudet. Det brusade.

Daniel Abdollah: "Visst är det skönt?" Och Lillys små jamande skrik. Något varmt och skamset blottades i mig. Jag kände igen rörelsen inuti: hjärnan sätter stopp för något, men kroppen sätter igång. Hen som satt framför oss kastade upprörda blickar bakåt en gång till.

"Sätt på din mobil med musik igen", väste Bita.

Jag satte på Nordpolen. De dystra, melankoliska tonerna förstärkte Lillys tapp av besinningen. Hon flög upp i mittgången.

"Vad fan håller ni på med?"

"Är ni helt jävla failade i huvudet?"

"Vad är det här för jävla vänner man har?"

"PSYKON! NI SKA FAN DÖ!"

Lilly skrek det som om hon aldrig hade menat något lika mycket. Vår medpassagerare bytte plats. Bussen krängde till. Jag hörde klicket i högtalaren.

"Är allt som det ska därbak, tjejer?"

Busschaufförens korthuggna stämma. Jag såg ut på mörkret. Det var helt ofattbart att det snart skulle bli vår. De slaskiga plattfälten hade aldrig varit så mörka, obrukbara. Varför går tiden på vintern så sakta?

"Vi KLARAR oss", skrek Lilly tillbaka. "Gubbjävel."

Lilly Karlsson, BF-bruden. Jag kunde inte låta bli att tycka att hon var så vacker där, i bussens mittfåra, hennes egen scen, med det blonda håret trassligt utslaget över bomberjackan som sög upp de stora tårarna. Det här var verklighet extra allt.

Inte konstigt att alla bra historier handlar om sådana som Lilly. De vackra, brustna, dekadenta. De som behöver hjälp. Historierna handlar dock aldrig om hjälpen de får. Förutom den här.

"Kom och sätt dig, kvinna", sa Bita bestämt. "Du får tycka vad i helvete du vill. Men kom och sätt dig, och sätt på en inkontinensblöja över ögonen. Du behöver inte gråta mer."

"Fattar du väl att vi inte ber dig kolla på den här filmen om det inte fanns nåt vi ville visa dig?" förklarade jag fint.

"MIN FITTA ELLER? SKA NI VISA MIN FITTA! TACK! SKA NI LÄGGA UPP MIN FITTA PÅ YOUTUBE? NI ÄR LIVSFARLIGA! JAG SKA FAN ANMÄLA ER TILL DANNE!"

Bita tittade suckande på mig.

"Kom nu, Lilly Karlsson, för vi älskar dig, snälla, kom bara och se en grej."

Sa jag. Och då var det något som klickade till i Lilly. Det kan ha varit blicken jag gav henne. Blicken som länkade oss tillbaka till tiden när vi var tre år.

Vissa är ensambarn. Jag är. Och som ensambarn är jag ständigt kvar i den orala fasen. Jag hade inga syskon som gned sina nakna rumpor mot mig, som bad mig kolla in deras skrev i någon lek, jag hade ingen storasyster som lärde mig hångla.

Allt jag vet av värde har jag lärt mig av Lilly. Hur man röker, hånglar, byter blöjor på barn (hon har småsyskon), hur man piercar sig med stoppnål och hur man ligger med en man.

Ja, vi hade en dildo.

Ja, det var på lek.

Ja, det var fint.

Ja, det var innan Daniel Abdollah.

Jag såg på känslan av detta sextonåriga felsteg i vacker framtoning framför mig: Lilly Carolina Karlsson, låt oss bara skruva världen rätt igen.

Gudar som vi är.

Lilly gick trotsigt tillbaka till platsen mellan oss. Min bröstkorg värkte. Det kändes som om vi hade tämjt ett vildsvin.

"Här händer någonting", sa Bita och stoppade filmen. Det var precis när Daniel Abdollah höjer handen bakåt, som ett tecken, och kamerabilden fladdrar till. Lilly fick skräck i ögonen. "Sluta kolla på mig", sa hon. "Sluta kolla på mig." Det såg ut som om hon ville slå oss, hårt.

"Men tänk, tänk. Vad hände den natten?"

"Jag hade ögonbindel."

Bita spolade tillbaka.

"Exakt."

Lilly la sig på bussgolvet, som en ångestriden knarkare. Uppsala började ta form ute i mörkret. En flytande vilja till ljus och upplysthet i den fula världen. Jag ville hem till Amor och sticka tungan i hans mun.

"Ni har ingen koll på BDSM. Jag är inget offer."

Vi åkte Kungsgatan fram. Snart framme vid centralen. Folk såg välklädda ut, kristna och pengastinna. Jag har alltid hatat Uppsala för dess präktighet. Tierp hatälskar jag, vilket är bättre. I Tierp är vi som folk blir för att det inte finns några alternativ.

"Hejdå, tjejer", vinkade busschauffören glatt.

Vi kände oss bortkomna. I Gävle torskar kidsen på spice, faller av från livet, en efter en. I Uppsala är den unga befolkningen små miniatyrer av vuxna som svinar runt i punsch och förbereder sig för ett liv i maxad borgerlighet.

Bita, Lilly och jag står inte ut med maxad borgerlighet så vi drogs automatiskt till de knäppaste kreationerna på gatan. Satte oss på en parkbänk bredvid första bästa alkisar och knarkare.

En gubbe vinglade ut över kullerstensgatan, sänkte foten ner i fontänen på torget, lyckades hacka hål på lite is. Foten sjönk ner i sörjigt vatten.

"Nu är man fittblöt också! Ring ambulansen! Nu är man fittblöt!"

Vi försökte hålla oss till saken.

"Lilly, det är lite hur som helst med dig", sa Bita. "Ena dagen vill du vara gud med oss och fattar allt om feminism. Nästa dag ställer du upp som hund och låter honom gå igång på allt våld. Jag säger bara. Sen du träffade honom är ingenting sig likt. Du är en annan person. Vi känner inte igen dig."

Lilly tittade på alkisarna som tjafsade om en öl, slet den mellan sig tills det blev ett sittgräl på bänken, ingen orkade sig upp. Munnarna var sneda, frysta i en vidrig position. Deras ansikten skrämde mig.

Kanske sände de en signal till Lilly om att ta sig i kragen.

"Jag fryser", sa hon bara.

Det var kallare i Uppsala. Ett köldhål. På en tågskylt läste jag "Avgående tåg till Avesta, 20:09".

Jag tänkte på mammas värme. Vantarna räckte inte till.

"Vi har gjort det här för din skull. Om Danne hyr in en privat porris som filmar dig när du har våldssex fattar du väl ALLVARET i det, Lilly?"

Jag lät Bita prata. Orkade inte hålla på.

"Allvaret", sa Lilly.

Hon tände en cigg. Sedan spydde hon faktiskt. En hel laddning av chips och ostbågar som ville ut. Bita flög äcklat upp från bänken. Jag satte mig nära Lilly för att krama om. Ur en högtalare hos alkisgruppen dundrade en gammal technolåt. En ung alkis, tjugofem någonting, med blicken i behåll, flög upp med en tufsig Pressbyrån-servett i handen.

"Här haru."

"Tack", sa Lilly.

"Läget då? Under kontroll?" sa killen. Jag hann tänka att världen var skev och att vissa människor försökte vara mjuka men failade ändå, och att mars var en kall månad i år. Om jag var vuxen och bodde i Uppsala hade jag bjudit hem hela alkisgänget till mig.

"Är damerna sams?"

Alkiskillen gungade fram och tillbaka på trottoaren som en clown. Han ville underhålla oss. Jag var lite rädd för honom. Ett steg närmre och han kom för nära.

Situationer som den här kräver cigaretter. Alkisen tände min.

"Speed", sa han. "Det är speed jag går på. Om ni undrar varför jag är så speedad. Var kommer ni ifrån?"

"Mother fucking earth", sa Bita.

"Och jag är son of a bitch", sa killen och pekade på sig själv, i sin slitna, rutiga skjorta under en smutsig hood. Det syntes i hans ansikte att ett starkt ljus ville fram. Ett år till och ljuset skulle släckas för gott.

"Berätta", sa Bita nonchigt.

"Är det där dina polare?" sa Lilly.

Killen ville förneka dem.

"Alltså, nej." Han böjde sig mot oss för att undvika att de hörde, men det var ingen risk. "Jag hatar dom jävlarna. Man bara kom förbi, har ni fest eller, och dom bara ... Tjeeeena!"

Det tycktes som om han kom från någon närliggande by. Dialekten tjock och motig.

"Vem är du?" frågade jag.

Killen kom av sig.

"Öh, jag är Danne." Clownansiktet fick sig en törn av ensamhet. "Danne ... Danne the man."

Han vinglade hela tiden på kroppen när han pratade. Danne sträckte fram handen för att hälsa på mig.

Bita viskade i mitt öra: "Inga jävla killar nu, Janne."

"Och du?" frågade han nyfiket.

"Jag är Janne", sa jag. "Eller, du kan kalla mig Jane."

"Angenämt, angenämt." Danne bockade så att huvudet slog i parkbänken där vi satt. Han touchade Lillys ben. Hon drog det åt sig.

"Intressant att du heter Danne", sa Bita och ansträngde sig för att relatera. "Vi satt just och snackade om en annan Danne. En fail-Danne. Han har gjort nåt jävligt dumt." Bita sneglade mot Lilly.

"Vad skulle du göra om en kille slog din bästa kompis?"

Alkis-Dannes ögon fastnade, smalnade av, drog sig tillbaka som ett uppskrämt djur. Han smög ett steg bakåt.

"Kallar du mig fail-Danne?"

Bita såg på mig och fnissade.

"Alltså, vad fan, nej."

"Kallar du mig fail-Danne?"

"Vi pratade om en annan person", sa Lilly.

"Fail-Danne är jag. Fail-Danne är jag", sa Danne förvirrat och pekade på sig själv. Han var förbi besinning.

"Ni kommer hit, till MIN plats. Jag är artig, jag tar i hand, jag är gentleman, jag ger respekt." Danne tiggde med ögonen mot mig. Min medmänsklighet fluffades upp. Jag ville rycka ut till hans försvar.

"Och det här är tacken. Fucking fail-tjejer."

"Vi är inga tjejer", sa Bita.

Nej. Inte igen.

"Vi är gudar", upplyste hon.

Danne klunkade lamt från en öl.

"Var kommer du ifrån?" sa jag.

"Vänge. En jävla håla en bit härifrån."

"Vill du åka jorden runt med oss?"

"Jorden runt?"

"Vi åker jorden runt ikväll. Du får låna mitt busskort."

Ansiktet sprack upp. Danne kröp gatan fram och snodde ölburkar ur alkisarnas packning, hävde ivrigt ner dem i sin egen plastkasse.

Vi åkte till Vänge, en håla på vägen ut mot Sala, gick några varv i det hårda mörkret, kände oss tunga med öl i händerna, cigaretter i munnarna, några bloss hit, några bloss dit, som stjärnfall mellan kropparna.

89

Vi mötte en tant med en hund, det var allt.

Sprucken asfalt, granar i trädgårdarna och några hus. Här hade Danne sprungit runt i blöjor. Ömhet, ömhet är min arvedel. Hur kan jag hjälpa att jag älskar de failade, att jag fastnar för dem som någon spottat ut som ett tuggummi på marken?

"Här bodde farmor. Hon tog hand om mig. Gav fan allt", sa Danne med gråten i halsen. Vi gick först. Bita och Lilly efter. Jag kände att Danne nyktrade till, att hans hoodtröja luktade av det hårda livets smuts, men också av gammal ingrodd deodorant.

"Lyser inte längre." Vi stod tysta utanför dödsboet en stund.

"Kan vi gå vidare", hörde jag Lillys otålighet i bakgrunden.

Är det min sorgliga pappas fel? Jag älskar inte killar som klarar livet, som har ett pizzaföretag att bevaka, som fixar biffen med makt och framgång. Jag älskar de utskevade, utsorterade, de som är uthuggna ur sandsten. Mitt enda sätt att relatera till manligheten: brustna gestalter.

Danne tog min hand, jag lät honom. Saktade ner på stegen för att slippa höra något surt från Bitas håll. Vi gick där, tillbaka mot bussen, och när min hand mjuknade i Dannes trubbades amfetaminets verkningar av, han blev en vanlig människa, jag kände att han hade känslor.

Klockan fem över halv tolv gled den stora farkosten genom mörkret: en buss, det enda som levde här, en sakta glidande busskropp genom fälten som frustade när den stannade för att plocka upp oss i natten.

"Två ungdomar", sa jag och drog i Dannes hand. *Två ungdomar.* Busschauffören log åt något han inte kunde berätta. Medan Lilly och Bita konfererade om något gudigt på ett säte i mitten smög jag iväg med Danne längst bak. Han överföll mig, vi började hångla direkt. Munnen stank av alkohol. Jag blötte ner gommen med mitt eget saliv för att späda ut den fräna smaken. Danne fällde ner mig på sätet. Händerna vevade över jackan, precis där brösten sitter, de prickade mina revben. *Två ungdomar:* busschauffören drog på en oljig låt åt oss i högtalarna. Kroppen var alldeles för vass, som ett mjölkpaket, jag skar mig på hans kanter, hakan slog i kinderna. Jag kände glappet mellan bussens säten i ryggen.

Han kysste inte som jag skulle önska. Ändå slog kåtheten sina mjuka armar om mig bara för att alkis-Danne var en kropp, en människa, en varelse med hud som en gång varit ett barn. Mitt hjärta brann mot hans. Jag svalde det skeva och illaluktande med hull och hår.

"Vill du?" sa han till och med. "Jag har ingen kondom."

Jag drog ner Dannes byxor till svar.

Hans kuk var stor, halvhård och full av vilja. Jag höll den varsamt i min hand. Danne, så himla naken då. Naknare än så här kunde jag inte se honom. Amfetaminet, spriten, cigaretterna och clownansiktet kunde jag inte tränga igenom. Men det här. Hans känsligaste kroppsdel, ett spröt för allt som inte kan sägas på annat sätt.

Utom med sex.

Är det därför jag är så bra på att ha tillfälliga relationer med killar? Jag kan inte komma nära dem, lära känna deras känslor, hitta in till deras hjärtan. Men jag kan knulla deras känsligaste spröt, komma ända in till kåtheten. Min fitta var blöt när han trängde igenom mig, rätt in i det mjuka.

"Åh, du är så mjuk, du är så skön, du är så fet", sa Danne. Jag vaknade till, såg ut mot mörkret i rutorna, bussljusen speglades, drömkänslan förhöjdes av att Bita och Lilly satt några säten längre bort.

Rörelserna från bussen gled in i oss.

Jag gillade att han tog mig utan skydd. Med killar vill jag bara vara naken. Det går inte att fånga deras skörhet på något annat sätt än så.

"Jucka, jucka, jucka" sa Danne, "jag har amfetaminballe men är så jävla bra ändå."

Jag stötte honom ifrån mig, ifall han skulle vara på väg att komma.

Bitas röst hördes från någonstans i mitten.

"Var fan är dom? Lilly, ser du dom?"

Vi var framme i Sala, den tunga rondellen sköt in i oss. Jag stötte alkis-Danne ifrån mig, såg hans milda, breda kuk innan den pressades in i de gula kalsongerna igen, jag kände mig uppluckrad i fittan, återställd, varm och oövervinnerlig, jag ville inte längre dra hem till Amor och sticka tungan i hans mun.

DET SJUNDE KAPITLET I VÄRLDSHISTORIEN

Gå på bio, ligga, äta middag, köpa fuktiga rosor. Varför är livet aldrig som kapitalismen menar att det ska vara? Nästa dag vid tolvtiden var allting som det inte borde vara. Inga sms från Bita eller Lilly. Inga från alkis-Danne. Min garderob hade börjat lukta lik. Jag måste göra något åt mitt dubbelliv och på ett intelligent sätt lämpa tillbaka telefonen till Daniel Abdollah.

Jag låg med armarna över den kalla fönsterbrädan i köket. Utsikten därifrån är samma som från mitt sovrum: den svagt trafikerade Gävlevägen, tvärsöver en halvtom parkering med plånbokstunna människor, och så Lidl, detta blågula ångestmonster som tornar upp sig över bilarna. Jag drog hårda andetag så fönsterrutan immades. Tiggaren låg insvept i en sovsäck idag. I julas var han utklädd till tomte.

Så här är det när kroppen är styrd av lust: hjärnan sätter stopp, men hjärtat sätter igång. Lilly gav mig en gång en pin att ha på jackan: *"Tjejer tänker bara med fittan."* Jag bar den i en kedja runt halsen tills Ralf i skolan reagerade och begreppet började dra sig med en efterhängsen, besk bismak, som en jobbig stalker. Nu har jag pinen på pappas tvättväska, som man bär med sig till tvättstugan. Det har han inte märkt. I tvättstugan gäller ju som bekant andra regler.

Detta var alltså effekterna av alkis-Dannes ingrepp mellan benen: ett svagt svidande.

Jag gick in på mitt rum och la mig på mage i sängen. Min säng hade börjat stinka sump av något slag, det var ingen som tvättade hemma längre. Alkis-Danne dunkade i min hjärna, som marshmallow-fluff, en burk av socker gjord för ungdomar som behöver stoppa fingrarna i något, ett skum spunnet av kärlek som sedan står en upp i halsen. Han fanns i mitt kön, en flodvåg som krympt ihop till ett stilla vatten utan krusningar. Inga krusiduller. Alkoholister. Raka rör. Hjärnor på högvarv. Kroppsdelar på automatik. Nu krävdes bara ett dagen-efter-piller och lite mer försoningssnack med gudarna, så skulle den del av tiden som dragits ur led skruvas rätt igen.

Plus att pappa skulle komma hem.

Jag skulle vilja skrika till någon: *Sedan jag träffade dig är ingenting sig likt!* Men allt som flashade förbi i hjärnan var gjort av beståndsdelarna pappa, alkis-Danne, tönten Amor och fucking Daniel Abdollah.

Jag gick fram till fönstret, där människor hukade över parkeringen, in på Lidl.

Vad gjorde Bita och Lilly nu? De skulle lifta hem till Tierp i natten, jag hade åkt i en taxi som alkis-Danne och jag tog springnota ifrån. Jag har aldrig varit så rädd i hela mitt liv.

Mars-Tierp mullrade utanför fönstret, en stor blek sol ville tränga igenom molnen. På parkeringen stod en container full med skräp. Min skalle kändes så tung och tom, jag skulle stappla fram med ett rått köttben i hjärnan hela dagen. Varför, när man är ung, kommer allting med ett dån?

Jag försökte hålla andan i badkaret så länge jag kunde. Efter trettio sekunder under vattnet fick jag ångestpanik. Det var bra. En viss typ av ångest kan bara fördrivas med kroppsliga sensationer. Även om sensationen råkar vara panik. Badkaret var fullt av ett irriterande badskum, jag drog på kranen för att få det att luckras upp. Satte igång att raka mina vildvuxna ben. En hel norduppländsk skog av skäggstubb.

Det slog i dörren.

"Pappa?" ropade jag.

Toadörren stod på glänt. Jag horde dunsarna på hallgolvet.

"JA, DET ÄR PAPPA, OCH BITA OCH LILLY KOMMER SAMTIDIGT", skrek pappa uppvarvat. "De har väntat utanför i en halvtimme. Snart ihjälfrusna i det här vädret. Hör du inte när det ringer i telefonen?"

Pappa stod i badrummet, jeansjackan med den lila pastellskjortan under, precis när min position var: stående med ena benet uppfläkt på badkarskanten för att rakhyveln ska komma åt.

En honmänniska gläntar liksom lite på fittan då.

Att min pappa jämt skulle tvinga mig till oanständighet,

äckel och vidriga tillfälliga förbindelser, bara för att han var en så jävla dålig förebild!

Jag släcktes inombords, som ett fartyg på grund.

Pappas reaktionstid var för kort, han fattade inte. Jag plumsade i badet.

"DÖ!" skrek jag. "DÖ!"

Pappa gjorde en töntig honnör.

Bita och Lilly kom in.

"Tja Janne", sa Bita. "Eller ska vi kalla dig Danne?"

"Hallå, jag badar", fräste jag.

"Viktigt att kolla att du kom hem igår", sa Lilly myndigt. Det var som om tillsynsbollen hade glidit över från mig, till henne. Nu stod vi åtminstone lika.

"Var han skön?" fortsatte Lilly.

"Helt okej för en balle på speed", sa jag och sträckte ut armen efter en lämplig handduk. Bita räckte mig en.

"Vad är det?" sa jag. Mina gudar såg ut som om de just skulle börja sjunga Lalehs version av "Tusen bitar": modfällda, egensinniga, hemliga. Jag bestämde mig. Imorgon skulle jag skolka från alla mina plikter, ensam åka in till Uppsala och inhandla mitt livs första Doctor Martens. Om det behövdes skulle jag sno pengar från pappa.

Det här DÖG inte.

"Vi träffade Kevin", sa Bita. Det var trångt i badrummet. Hennes hår krullades av fukten. Jag nuddade vid henne med handdukskroppen. "Igår, på stan när vi kom hem. Okej, han var full. Men han sa nåt."

Lilly fortsatte, ögonen elektriskt blå:

"Att du och Daniel Abdollah låg i fredags. Daniel var tydligen hemma hos dig. Det var verkligen mer än jag visste om."

Jag föll rakt ner för ett stup.

Jag rafsade ihop mina fuktiga kläder och började klä mig under handduken.

"Och det här tror ni på? Kevin Fält. Vet inte ni också att Kevin Fält säger sjuka saker om vem som helst? Att han är sär, på riktigt, ett sär?"

"Men var han här då?" sa Bita. Precis som om hon hade gått över till Lillys sida. För bara the sake of fullgubben alkis-Dannes skull. Hade jag svikit nu, bara för att jag ville knulla igår? Plötsligt kunde jag glänta lite på vidden av att vara i Lillys situation.

"Men jag har inte rört honom! Min bästa kompis pojkvän, dessutom hustrumisshandlare?"

"Jag vet att Daniel gillar dig", sa Lilly.

Då fick jag nog.

"Vad är det här för gudar?" sa jag uppstudsigt och fortsatte med en lång utläggning om kvinnors sätt att närma sig varandra. "Min mamma har inte en enda väninna kvar! Har spelat ut varenda en! Bryr sig bara om ensamma män! Dom kan hon fångvakta tills hon dör! Fattar ni inte att vi måste sluta kontrollera varandra?"

"Då måste ni också sluta kontrollera mig", sa Lilly.

Jag nickade. Bita nickade. Jag satte mammas gamla hudkräm i ansiktet, med doft av liljekonvalj.

Jag nickade allvarligt igen.

"Fattar ni nu hur det känns?" kved Lilly och tryckte på min bröstkorg ett snäpp så att jag halkade tillbaka ner i vattnet.

En liten sekund i livet ska dina vänner få dig att känna dig som en hund. Det är sekunden det tar för dig att leva dig in i en annan människas situation. Sisters always gonna work it out that way. Det är därför så många gudar jobbar på äldreboenden.

Jag klev sakta upp med vattnet drypande från behån. Lilly flög rakt in i min famn. Hon flåsade:

"Förlåt. Okej. Daniel gör illa mig ibland. Jag har gillat våld och sex. Men nu har han gått för långt, okej. Jag ska försöka göra slut."

Det var det enda vi behövde höra. Jag lät Bita sätta på mig ett plåster på smalbenet där rakhyveln gjort ett litet sår.

"Pappa, kan du ge mig pengar? Jag måste köpa skor."

Vi stod i hallen.

"Måste? Har du pratat med mamma?"

Pappa rafsade upp smutskläder ur en väska. Det ramlade ut en tomflaska, ett rött PRINCE-paket och en tom Aladdin-ask. Jag fick en inre syn av pappas bravader på Borås Grand Hotel. Hans nakna kropp i ett nattligt badkar. Jag stod inte ut.

"Hon borde ha pengar att ge dig. Jag är en fattig lärare."

Det var den perfekta stunden att sätta dit honom.

"Men du har råd att svina loss i Borås? Mamma är en sjukskriven lärare!"

Pappa plockade upp mina söndergångna sneakers från den grusiga trasmattan. De stank av torkat slask.

"Dom här då?"

"Du fattar INGENTING", sa jag.

Pappa fiskade upp en ynklig hundralapp ur plånboken. "I Borås alltså. Vilka pinglor det finns! Så modemedvetna tjejerna är där. Det kanske vore en stad för dig sen, om du vill plugga vidare? Jag menar, Gina Tricots högkvarter!"

Det var oklart ifall han pratade om mina gelikar eller hans egna potentiella erövringar från inatt. Hur som helst fick det mig att vilja spy. Den där synen av en ensam, olycklig vuxen som försöker sjunga på en sista vers. Hans skäggstubb på halsen såg misstänkt utflippad ut.

Jag smög in till köket och snodde en kvarbliven, ljummen öl ur en systemetkasse. Gick och satte mig framför datorn.

"Hey där", skrev Amor.

"Hej", skrev jag.

"I miss you baby"

Jag satte på Moto Boy-låten som heter så.

"Ok, lyssnar på den"

"Känns som vi har mer kontakt"

"Längesen vi skrev brev iofs"

"Jag kan skriva om du vill"

"Nä"

"Ok? Lol"

"Orka läsa långa brev"

"Älskar skriva till dig"

"Ok skriv :P"

Jag tog ett andetag och skrev:

"Min farsa måste dö. Snälla kan du få honom på anstalt"

"Hur?"

"Finkan. Borde ändå inte va så svårt"

"Nä bara bussa lite lammkött sen anmäler de. Beat heart"

Jag satte på "Beat heart", började kåta upp mig. Den är så läskande, en låt direkt kopplad till ens inre genitalier, de som älskar.

"Vad gör du?"

"Längtar lite e dig"

"Men vad gör du?"

"Läser lite feministisk filosofi"

"Vem?"

"Hanna Arendt typ"

"Hon i filmen?"

"Ja"

"Visste inte hon var feminist"

"Nä men hon är kvinna"

"Äh lägg av"

"Vad gör du?"

"Dör på min pappa. Han har varit i Borås ... på WEEKEND"

"LOL"

"Jag vet ... Dör. Han börja snacka om tjejerna där. Hur snygga de är"

"Desperat"

"Jaaaaaaaa lol"

"Bränt lammkött ok"

"Haha"

"Men kom på nåt"

"Ok rigga en misshandelsgrej? Han hänger med några brudar i min klass. Jag säger åt dom att ragga. Din pappa fattar inte. De får honom att tafsa på nåt sätt. Blir anmälan och skit"

Det dundrade i min mage. Jag kände mig uppsvullen som av rå lök. Kunde jag nita min egen pappa? Chansen att det skulle gå illa på riktigt var minimal. Pappa var en omtyckt lärare, om än sliten, beryktad att köra sitt eget race. Ibland somnade han på lektionen mitt i elevernas redovisningar. En grupp elever hade fotat honom så, sovande på en stol. Jag mindes plötsligt alla incidenter med pappa. Misshandels-karusellen med adhd-ungen. Han var luttrad. Det här skulle gå honom förbi.

"Haha. Bäst e du. Ok, kör"

"Sure?"

"Jaaaaaa som fan. Allvarligt. Han behöver hjälp"

"Varför?"

"Han är så jävla failad bara"

Jag hörde pappas musik pumpa i bakgrunden.

"Knarkar allt som är hopplöst"

"Då väcker vi liv i honom då"

"Ok sweet"

Amor kom hem till mig den kvällen. Jag fick smussla in honom via balkongen. Pappa lyssnade på hög musik, rökte inomhus, gick omkring med naken överkropp. Med Amor behöver jag inte skämmas. Med Amor är det OK att allting inte är som det borde vara. Vi fnissade åt att pappas askkopp var det bruna plastfodralet från en chokladask.

"Gillar din farsa Aladdin?"

"Han slukar en avdelning på en minut."

Jag gled upp på sängen med mitt nybadade, utslagna hår. Vissa söndagar är bra så länge man är bakfull och världsomstörtande.

Amor tittade på mig som om jag var fin. Ibland undrar jag om inte ex-killar nosar upp att man är på väg att knulla sig vidare, bort från dem.

"Det var med en sån ask han förförde min mamma. Hon tände på att han åt så sjukt intensivt."

"Lol", sa Amor, "fetaste inviten. Kom hit så slukar jag dig, liksom."

"M-hm. Exakt."

Vi visste båda att vi pratade om oss.

Amor la sig på sängens andra sida, satte benen mot väggen. En solklar I want you-position.

"Vad förförde du mig med?" frågade han.

"Jag förförde inte dig", sa jag. "Du gjorde. Hösten i åttan. Simone de Beauvoir. Du hade lånat den på biblioteket. En tjock jävel."

Amor log åt minnet. Slängde med en lockig hårslinga, förde den ut och in i munnen.

"Just ja. Fin. Jag kommer ihåg. Din rumpa."

"Min rumpa?"

Av allt jag förde ut i världen, min röst, mina ord, tankar,

min VÄRLDSOMSPÄNNIGHET, mina coola ansatser till aktivism, mina framtidsplaner, intressen, mina låga tankar om mina föräldrar men höga tankar om mina kompisar, politiken, världssamvetet, och det enda avtrycket var ändå denna rumpa?

"Min rumpa. Du är fett fail. Tänk bort rumpan." Jag la en hand över Amors ögon och kände de långa ögonfransarna klippa mot handflatan. "Vad kommer då?"

"Dina bröst", sa Amor och la handen över brösten. Det ryckte till i trosorna, som en abborre som kippar efter andan innan den dör. Han smekte över mitt minimala bröst. Handen var helig. Min första kille. Jag ville ändå inte sjabbla bort honom.

"Varför hatar du din pappa?" sa Amor.

"För han är sån extremt jävla dålig förebild för mina framtida anknytningar."

Amor sträckte sig närmare. Vi låg så, hans mun kändes mot kinden, något slank in i mig, en tunga. Jag fick en inre, jobbig syn av Barack Obama och Michelle Obama i fullt kyssläge. Vissa kyssar går inte att behålla cleana från hjärnans övriga skit, hur kärleksstinna de än är.

"Men jag då?" sa Amor.

"Du vill ligga", viskade jag. Det stenhårda buktet pumpade från Amors jeans. Jag behövde bara öppna något på glänt och Amor skulle vara fullt levande i mig.

"Jag vill ligga med *dig*", viskade Amor.

Och jag lät det hända bara för att gårdagens tjack-fest med alkis-Danne i min kropp skulle tvättas bort och gå till historien som ingenting som brutit upp världsordningen, eller fått ömma känslor i spinn.

Det gjorde ont i underlivet av lust innan han kom in.

Handen över andra bröstet, in under t-shirten, i armhålan där jag var svettig, stöten som gick igenom min kropp. Han är så liten. Med små könsorgan måste man anstränga sig för att det ska bli underbart, men då blir det ännu skönare, för man möts naknare, ända längst in.

Sådana som alkis-Danne bara spetsar en.

Amor kan aldrig titta på mig när vi ligger. Det är någonting som kommer för nära då. Han blundar allt vad han kan. Jag tänkte på alkis-Danne, på hans fumlighet och okänslighet som ändå blev så mycket köttigare och coolare än det här, Amors försiktiga knapphändighet.

Det lockiga håret dippade mig i ögonen.

Och så hände bara det här:

"Jag vill spruta i dig."

"Du får spruta i mig", viskade jag överrumplat.

Några spasmer i Amors kropp och en hel sjö läckte ut över min vävnad.

Det gäller att slå två knullflugor i en smäll, om man ändå ska käka dyra dagen-efter-piller.

DET ÅTTONDE KAPITLET I VÄRLDSHISTORIEN

På måndagar börjar vi med lunch för det är tortyr att tvinga ungdomar att gå upp i ottan efter helgen. Alla är sönderkörda. Aina i Lillys klass låg på golvet utanför matsalen och sov. På en lapp hade hon skrivit "PLEASE MONEY" och lagt framför en mössa.

"Hora", sa Calle när han gick förbi. Han sparkade på mössan. Amin gick efter och skrek: "Offer!"

Jag satt med Kevin.

"Kan kött mögla?"

Kevin gjorde ett uppehåll i tuggandet. Han tittade på hamburgaren och letade efter ett svar.

"Smakar finländsk hästballe i min mun."

Jag nåddes av sorgen i tillmälet. Kevin skulle inte behöva smeka rasismen medhårs genom att använda de där kränkningarna mot sig själv.

"Smakar svennefitta", sa jag systersolidariskt och slet ut den grå hamburgerbiffen ur sitt bröd. Lite klumpig sås rann ner på fingrarna.

"Så jävla rätt", smackade Kevin.

Jag begrundade i en tyst minut hur många oskyldiga djur som fått sätta livet till bara för att dessa sorgliga tonåringar måste få hamburgare till lunch.

"Hormonko. Lär dig det. Hormonbiff eller åsnekött. Beror på vilken leverantör. Blir det kyckling är den tvättad i klorin."

Kevin vill verkligen bli poddare, DJ eller radioreporter när han blir stor. Brås på sin mamma som jobbar med att prata i telefon.

"Hormonko, klorinkyckling."

Kevin hade fått en ramsa att upprepa hela dagen.

"Hormonko, klorinkyckling."

"Varför sprider du falska rykten om mig?"

Jag slog till när Kevin var uppmjukad. Solen bröt in genom skolmatsalsfönstren och la sig som stjärnstoft över allas ansikten.

"För jag har damp. Ung och dum."

"Okej?"

"Och Daniel Abdollah har damp på dig."

Jag såg Bitas röda toppluva framför mig, snödrivornas kalla likansikten och Daniel Abdollahs piska mot Lillys bak. Vad visste han? Visste han att jag legat i snön medan jag lät Bita hålla på?

"Varför har han damp på mig?"

"Sekretessbelagt. Fråga honom. Ni har (kuken i fittan-tecknet), va?"

Jag fortsatte tugga på min hamburgare. En djursena slank in mellan tänderna så att det gnisslade i huvudet.

"Det finns medicin för damp. Jag har inte legat med Daniel Abdollah. Och sprid inga jävla falska rykten mer!"

Kevin reste sig för att ta om. På väg med tallriken i handen vände han sig och skrek över hela matsalen:

"Känns det jobbigt att vara otrogen mot Amor? Janne, du har väl legat med alla i hela skolan utom med mig!"

Gun Hellman stängde dörren. Hela grupprummet luktade prutt. Hon plockade fram en tändsticksask och tände värmeljuset på bordet. På stolarna satt Mona, Ester, Aina, Linn Hoffman i Lillys BF-klass, Bita, Lilly och jag. Varje måndag klockan ett har vi tjejgrupp.

"Ge varje BARN en framtid utan VÅLD" stod det på tändsticksasken. Den hamnade upp och ner när Gun Hellmans skrynkliga hand la tillbaka den på bordet. På undersidan figurerade ett par svarta barn. SMS:A HOPP OCH SKÄNK FEMTIO KRONOR. Svenska kyrkans verk.

Jag såg att Daniel Abdollah var på väg upp över skolgårdsplanen. Gun Hellman la ut en hjärtkudde i siden på bordet. Hans stora röda jacka bultade i magen på mig. Gun kramade hjärtkudden.

"Så mysigt att hans jacka är röd", nickade Gun åt synen i fönstret. "Inte så vanligt bland killar ändå. Men han tänker SJÄLV den där killen. Och det ska vi också göra."

Vi gudar utbytte ett par bistra blickar. Vilken sekund som helst kunde det bli för sent. Någon skulle komma och rädda Daniel Abdollah från hans undergång och Lilly skulle få lida i sviterna av hans våld resten av livet. Någon som typ Gun.

Vem vet vad våld sätter för spår INUTI? Vad det gör med en människas hjärta på insidan? Med hjärnans nervtrådar? Har någon egentligen tänkt på DET?

Linn Hoffman stoppade in en snus.

"Den som håller i kudden har som vanligt sin prat-tur", log Gun Hellman. "Nu drar vi igång. Hur har tjejgruppen haft det sen sist?" Gun lämpade över sidenhjärtat i Linn Hoffmans stora famn.

"Bara på toan kan jag få vara ifred. Måste fan skita för att kunna finnas på Instagram. Undrar om folk fattar att jag har lajkat deras bilder medan jag bajsat!" Linn Hoffman skrattade. Eftersom reglerna är att man inte får avbryta den som talar kunde jag inte säga något. Inte Gun Hellman heller, fast det syntes att munnen nästan sprack.

"Ja jävlar", fortsatte Linn Hoffman. "Och förresten. Är det inte helt sjukt att jag inte kan lägga upp en bild på en bajskorv. Fast det är det jag gör, jag sitter och bajsar. Så känner jag. Okej."

"Linn", bekymrade sig Lilly med prydheten all over her face.

"What?"

"Inget."

"Nu är det Linn som pratar", sa Gun Hellman.

"Ja, men hon kan ju inte bara säga så där. Vi andra har typ hundra tusen viktigare saker att snacka om."

"Då väntar du på din tur", sa Gun Hellman. "Börjar du känna dig färdig, Linn?"

"Akta dig Lilly", sa Linn Hoffman till svar. "Stick inte

kniven i din syster." Hon gjorde en huggande rörelse mot halsen med en låtsaskniv.

"Var du med Amor på festen i fredags?" frågade jag, eftersom den allmänna samtalsordningen redan var uppbruten. Linn vinkade med lillfingret.

"Jävlar vad liten han är", sa hon och log så hela munnen brann. Min upprymda känsla från helgen slaknade.

Linn Hoffman, en fucking buksyster.

"Ja", sa jag uppstudsigt. "Men skön."

Gun Hellman låtsades inte höra, hon hade ställt sig upp för att öppna ett fönster. Måndagsluften strömmade in och gjorde pruttlukten mindre konstant. Jag betraktade Bita, betraktade Lilly. Deras svarta kläder var ovanligt signifikativa för någonting vi inte hade kommit underfund med än, det var namnlöst, utan ord. Trots att vi hade så mycket att berätta.

"Nu vill jag höra Bitas betraktelse."

Sidenkudden vandrade vidare.

"Om jag håller mig till mig själv", sa Bita, "så har jag kommit på att jag ska återerövra mitt namn. Ta tillbaka det. Alltså får ingen kalla mig Bita, typ som om nån biter. Jag vill att ni säger Bit-AA. Som mamma och pappa gör. Det är mitt namn. Jag klarar inte av alla Bita fitta-ramsor längre."

Gun Hellman la huvudet på sned. Hon fick ju inte säga någonting, så hon sa ingenting.

"Ja, och i övrigt så vill jag döda Daniel Abdollah."

Vi såg ut mot måndagsrusket på skolgården. Den var tom, som efter en dödsskjutning. Jag kände spänningarna komma, dunket i bröstet som av en tidsinställd bomb, den där ständiga känslan att vilja dra hem och skriva en bok som Stephen King. Gun Hellman skulle vara bifiguren. Jag skulle låta henne lida i ett ovanligt grymt katastrofväder. I slutet blir hon dödad i onödan. Mördaren tar fel. Vissa liv måste gå till spillo just så.

Bita la sidenkudden i Lillys hand.

"Vänta", sa Gun Hellman. "Stopp. Jag vill reda ut vad du just sa till oss. Får jag bryta in?" Gun Hellmans ögon läckte av vanmakt och förtryckt ångest. Alla nickade. "När du säger döda Daniel Abdollah. Menar du döda som i döda, eller menar du bara att du ogillar honom på något vis?"

"Hon menar att hon vill sätta dit honom", sa Lilly. "Vi försöker alla fatta vad som har hänt. Det känns ändå okej att berätta om honom på tjejgruppen."

"Vad har hänt, flickor?"

"Gun, flicka dig själv", sa Lilly. "Han har slagit mig mot en diskbänk. Ja, det kom inte blod och så. Men han har slagit mig och jag var med på det, okej."

Gun Hellmans bristningsfulla ögon bad om att få börja gråta åt dessa ungdomars oanständiga liv.

Lillys kropp packade ihop.

"Det känns som om jag måste gråta" sa hon.

"Gråt", sa Gun Hellman.

Linn Hoffman la sin hand på Lillys rygg.

"Efter ett tag vet du fan inte vad du vill längre!" sa Lilly med munnen öppen. Resten av orden trillade som ett slem ur hennes läppar. Man såg tänderna. "Du blir fan hjärntvättad, han ..." Hon vek sig dubbel. Linn Hoffman smekte och smekte. "Men nu har han filmat mig", sa Lilly och reste överkroppen snörvlande. Gun Hellman räckte henne servettlådan. "Han har filmat mig och fan vet vad som kommer hända med filmen. Jag är typ körd. Fucked for life! Verkligen fucked for life!"

Det är du inte alls, tänkte jag. Men kände mig obehörig. Som en kompis från förr, som inte närvarar. Som inte längre säger de rätta sakerna. Men Lilly, snart kommer tiden för de rätta sakerna på riktigt. Tänkte jag.

Sedan hände ingenting.

Jag tänkte att tjejgrupps-Gun med all sin rättrådighet och närhet till pensionsåldern skulle ta detta ärende i sina händer, bära det vidare till rektorn eller vaktmästaren eller skolsköterskan eller polisen eller annan omvärldsansvarig, som om det vore hennes eget nyfödda lilla barn. Men allt som hände var Gun Hellmans armar om Lilly en liten stund, några fler servetter, Linn Hoffmans snus kastad ut genom det öppna fönstret, och klockan som ringde ut till rast.

"Jag tror fan inte på det här", sa jag till Bita när vi satt på locket till den blå SAND-lådan och delade en cigarett.

"Ingen kommer att hjälpa oss. Nån måste typ dö först", sa jag bistert och blåste ut röken över hela världen.

"Eller hamna på sjukhus. Men det var bra för Lilly. Hon behövde komma dit. Öppna upp. Lättar hon bara på trycket kommer störtfloden, jag svär. Störtfloden kan vi surfa hela vägen fram till frihet på", sa Bita. "Underskatta inte den."

Jag svalde en känsla av skingrad rök.

"Okej", sa jag. "Men vi måste skrida till verket."

"Vad gör vi då?"

Bita hoppade ner från locket och ställde sig bredbent på marken.

"Startar en blogg där vi hänger ut honom", sa hon.

"Never in my life", sa jag. "Det ska fan läggas till på listan på svarta tavlan: BÖRJA ALDRIG BLOGGA."

Bita skrattade så att halsen guppade.

"Alltså ordet 'bloggerska'! Jag dör!"

"En jävla kvinnofälla, det där", sa jag. "Vem läser en jävla blogg?"

"Which reminds me", sa Bita. "Vi bör ha gudmöte ikväll. Hemma hos Lilly. Mina föräldrar ska ha middag."

"Kan inte min pappa dö så ni kan flytta hem till mig."

"Men Lilly funkar", sa Bita. "Vi kör Lilly. Hennes pappa är så sjukt sexig." Bita skrattade. "Jävla finansvalp. Så otippad människa, jag dör hur många gånger som helst."

Det är sant att Lillys pappa är av en annan sort. Han passar inte in i Tierp, han bor varannan vecka i Vasastan i Stockholm. Den fula villan där Lilly och småsyskonen bor delar föräldrarna på. Det är de som kör vecka-vecka. Lillys mamma är undersköterska och håller på att göra sönder sin rygg. När de gjorde Lilly och syskonen var det jordens mest undantagsmässiga ögonblick som någonsin skrivit historia. En rik finansvalp som sadlat om till kulturredaktör på en snobbig tidskrift där hans nya flickvän är chef, och hon en långsamt döende undersköterska med kol.

En gång i tiden var de lyckliga, säger Lilly. En gång i tiden fanns inga titlar och inga jobb. En gång i tiden fanns bara kärlek utan pengar.

Jag undrade när den där tiden skulle komma till mig.

Amor kom cyklandes uppför backen på sin enhjuling.

"Hur går det med Catharina Blomsteräng Swärdh?" frågade Bita. Amor stannade och pustade ut, svingade upp enhjulingen i ena handen.

"Hon bättrar sig. Ligger efter med taktkänslan bara." Amor tittade upp mot mig. "Hon är ju inte direkt som Janne."

"Som Janne? Era jävlar", skrattade Bita.

Det var inte utan en viss pinsamhetskänsla jag log åt honom.

"Och hur går det med Linn Hoffman, din nya babe?"

Amor stelnade till i en akut ansiktsförlamning. Jag längtade efter att få sjunga "Den blomstertid nu kommer". Avreagerade mig med att läsa från en lapp som hängde över SAND-lådan: *VI HAR PROBLEM MED BOFFNING I TIERP IGEN.*

"Håller han på med cirkus verkligen?" sa Bita när Amor cyklat bort.

"Mm. Amor håller fan på med allt", sa jag sorgset. "Ingen är som han."

Det ringde in.

"Jag messar när vi ska ses hos Lilly."

"Egentligen skulle jag dra in till Uppsala och köpa ett par Doctor Martens", sa jag tveksamt.

"Doctor Martens? Såna finns inte i Uppsala. Det får du åka in till Stockholm för."

"Okej."

"Ikväll kör vi ett gudmöte med folköl. Enda sättet att driva ut den här måndagen. Jag messar dig."

"Okej." Jag stannade kvar och tog en ny cigg medan jag förberedde mig för mastodont-skolk för att gå med Daniel Abdollah till polisstationen.

Polisstationen i Tierp är inte så stor. En ensam byggnad på Torggatan. Ändå känns det otroligt läskigt att ha ärenden dit. Speciellt när pikétbilarna cirkulerar i området som om Tierp var värsta Baltimore.

"Tack för att du tar dig tid", sa Daniel Abdollah när jag kom. Han bar en svart anständighetsjacka och lutade sig mot en vit, skinande bil som han låste med ett litet pluppande ljud.

"Ingen fara", ljög jag.

Han är så överväldigande. Jag förstår varför Lilly inte kan hålla sig ifrån honom. Hans energi är för stark. Precis sådana som blir entreprenörer. I enrum är han som en hingst man till slut lyckats tämja. Daniel Abdollah är som ett levande fynd från en arkeologisk utgrävning. En ny typ av organism som plötsligt hittats i ett laboratorium. Ett fall för gudar i grupp. Jag kunde inte motstå honom ensam.

Jag skämdes över mina fula skor som skrapade i snön. Tänkte en tanke: Han skulle aldrig vilja ligga med mig.

"Ibland tar dom ID-koll på mig bara för att jag är blatte",

sa Daniel Abdollah. "Så jag är extra tacksam att du är med mig idag, Janne." Det våtvaxade håret blänkte i marsljuset.

"Ingen orsak", sa jag.

"All cops are bastards, lär dig det", sa Daniel Abdollah långsamt och plockade ut hörlurarna ur öronen. Vi var framme vid entrén. Han tänkte hålla upp dörren åt mig. "Alla poliser är rasister", viskade han.

"Okej."

Han tog mig plötsligt om höfterna. Fixerade blicken.

"Inget sidosnack. Jag vill att du säger exakt vad du såg. Inget snack om varför vi fikade. Om mitt företag. Inget om Lilly. Inget om vad fan som helst utom den där jävla fattiga småbarnsfamiljen som fuckade mig."

Jag svalde. Han tryckte till runt höfterna. Om mitt svek mot honom någonsin läckte skulle jag ligga död i en driva, den saken var klar.

"Okej."

"Golare har inga polare."

"Okej."

"Och blir du osäker, Janne, gå tillbaka. Tänk hur det var. Och kom till mig. Jag stöttar dig hundra procent."

"Okej."

Polismannen som tog emot oss var en kvinna. Det fick mig lugn.

"Det här är mitt vittne", sa Daniel Abdollah.

Kvinnan nickade. Hon hade stort, ljust krulligt hår som bildade en hockeyhjälm över huvudet.

"Så bra. Sätt er och vänta så ska ni få skriva på ett papper."

Daniel Abdollah skrev snabbare än jag. Jag försökte minnas: familjen hade fyra småbarn, tre pojkar, en flicka, mörkt hår, kanske var de på genomresa, kanske bodde de faktiskt i Tierp. Jag skrev att de såg fattiga ut. Jag kände mig som en fruktansvärd svikare. En rasist?

Jag sneglade bort mot Daniel Abdollahs papper.

"Typiska tiggare", hade han skrivit med prydlig stil.

Jag kände sveket bubbla upp som en ångest inuti. Sådant här skulle inte gudar hålla på med.

Jag tänkte på Amor, på festen i fredags, på den failade kvinnodagen som påmint mig om att jag var dömd till att kämpa i motvind i hela mitt liv, på de tynande trupperna inklusive Gun Hellman och Catharina Blomsteräng Swärdh som inte gjorde ett skit för att komma åt sakernas tillstånd,

på mamma,

på pappa,

på att hela min värld kändes död.

"Bor ni i Tierp?" frågade poliskvinnan nyfiket.

"Ja, tyvärr", sa jag.

"Är ni med på Tierps karneval någonting?"

"Karneval?" Som om hon lyst mig i ansiktet med en ficklampa mitt i natten.

"Ja, sambagrupperna i stan kommer att anordna en karneval. Ett tips, gå och var med."

"Janne, du kan dansa samba", skrattade Daniel och vevade runt höfterna ett varv.

Jag log inte. Jag kände för att säga att jag blivit sjuk.

"Lovar du att säga sanningen, sanningen och endast

sanningen?" smilade poliskvinnan och tryckte på sin telefon. Nu var jag avlyssnad.

"Ja", sa jag. Det började bubbla i magen. "Sanningen är att jag tyvärr måste springa och spy."

Daniel Abdollah fick mord i blicken.

"Förlåt. Vi får ta det här nån annan gång. Det måste verkligen vara hamburgarna i skolan idag. Det var åsnekött. Eller hormonko. Hur som helst hade köttet möglat. Fråga Kevin Fält. Jag ... jag måste spy!"

Poliskvinnan såg på mig som om jag var ett spöke på riktigt. Jag kunde tyvärr inte stanna och förklara för henne att jag var en gud.

DET NIONDE KAPITLET I VÄRLDSHISTORIEN

"Janne, hoppa in! Skynda dig! Var har du varit?"
De hävde sig ur bilfönstret som två filmstjärnor. Mina gudar. Vad var det här? Inga fler upptåg, kände jag. Men den svarta bilen stod och brummade på grusuppfarten. Lillys fräscha pappa satt redo på förarsätet. Han vevade ner rutan.

"Hoppa in", sa han och höjde flirtigt på ögonbrynen.
Lilly ska inte klaga. Hon har fan den snyggaste farsan i hela världshistorien. Jag mjuknade upp av hans tilltal.

"Orka Mallorca!" sa jag. "Vart ska vi?"
Bilen körde fram till mig.

"Du ska få dina Doctor Martens! Vi ska till STOCK-HOLM!"

Jag hoppade in på mittensätet.

"Fan vilken stor rumpa du har Janne!" skrattade Bita.

"Vi får inte PLATS!" Lillys pappa rev iväg med en stor skräll över gruset. Kanske tycker han om att markera för sin ex-fru hur fri och häftig han är.

"Kör inte för fort bara", sa jag. "Jag blir så lätt åksjuk."

"Aj, aj, kapten", sa Lillys pappa.

Han satte på hip hop, högt. Som om han verkligen förstod. Man behöver visst inte vara sexton år för att fatta att Tierp är dödare än dött.

"Nu drar vi."

Platta uppländska fält, platta hjärtan, platta människor, men en dialekt buktig och brölig som få. Jag kände för att sätta mig i Lillys pappas knä, känna mjukheten från hans pungkulor, tillsammans köra rakt över alltihop.

"Vi har en plan. Vi får sova i min pappas lägenhet", sa Lilly. Hon böjde sig framåt och skrek: "Pappa, kan du dö nu så du inte hör?"

"Jag hör ingenting."

Planen var att vi skulle sno nyckeln till Lillys pappas jobb och dra dit när han var ute på vernissage med sin nya tjej. Ett litet kontor, mitt i hjärtat av Stockholms maktstinna verksamhet. Lilly hade varit dar förut. Datorer, mejladresser, tidningar i drivor och telefonnummer till överallt.

"Du sa att du inte ville ha en blogg", viskade Bita. Jag nickade. "Du har rätt", fortsatte Lilly. "Man kommer ingenstans med en blogg. Men vi ska publicera."

Jag tittade ömsom på Bita, ömsom på Lilly. Publicera? Mitt måndagströtta Tierphuvud fattade inte.

"Vi ska fucking trycka", log Lilly.

Hon var på god väg att komma över Daniel Abdollah, den saken var klar. Den snygga jäveln som numera hatade mig.

Jag var trött, ville somna, ville vaggas till sömns, orkade inte kämpa.

"Okej", gäspade jag.

"Okej? Vad fan är ditt problem?" sa Bita.

Lillys pappa sneglade mot oss i förarspegeln.

"Schhh, viska", väste Lilly. "Janne, du får mig att ändra sida och vilja sätta dit min egen kille, sen när vi skrider till verket är du bara helt död."

"Tierp dödar mig. Min farsa dödar mig. Jag snodde Daniel Abdollahs telefon för din skull och det dödar mig."

Lilly såg ut att vilja förstå. Hon la sitt huvud med det långa håret mot min axel. Vi gungade in i varandra.

"Amor dödar mig också", väste jag. "Vi låg. Det var inte så bra."

"Släpp honom", sa Bita bestämt. "Kan vi inte bara försöka med lite avhållsamhet medan vi håller på med det här. Please. God."

"Sluta tyck att du är bättre för att du är nunna", sa jag. "Skulle inte vi ha öl?"

"Vi får öl av min pappa när vi kommer fram."

Lillys pappa nickade i backspegeln åt detta påstående från sin egen tonårsdotter. Så han hörde alltså. Pöste av solidarisk ungdomlighet.

"Starköl", sa Lilly i mitt öra.

Jag somnade. Bilen kändes som en rymdfarkost, den första som uppfunnits, och jag skälvde av tanken på alkoholhalt och kolsyra i mitt blod.

Lillys pappa kryssade oss genom trafikstockningen ända bort till Söder, en butik full med bara Doctor Martens-skor.

Det snöregnade in i mina sneakers. Klockan var precis innan sju och butiken skulle stänga. På gatan satt några hipsters i trettioårsåldern med grått hår och premiärrökte på en uteservering. De var invirade i filtar och stirrade oförstående på oss. Jag kände mig fångad i min egen kropp. MEN ÄVEN TIERPBOR MÅSTE VÄL FÖR HELVETE KUNNA KÖPA SIG ETT PAR DOCTOR MARTENS! JAG HAR FLER TILLFÄLLEN ÄN DU ATT FÖRSVARA MIG! OKEJ? JAG LEVER ETT LIV MYCKET HÅRDARE ÄN DITT! OKEJ?

Sådant, et cetera et cetera, ville jag skrika till dem.

Lillys pappa väntade i bilen. Jag kände mig som ett barn.

Expediten hade axellångt, svart hår, hängselbyxor och ormskinns-Doctor Martens.

"Hej damer, kan jag hjälpa er innan butiken stänger?"

"Hon vill ha Doctor Martens", sa Bita grovt.

Jag knuffade henne i sidan med armbågen.

"Aj! Vad fan gör du?"

"Lägg ägg, hela affären är ju full med bara Doctor Martens", väste jag. "Annars går man väl inte hit."

Hela Bitas fräcka uppenbarelse hade krympt ihop till en pingisboll.

"Okej, men URSÄKTA", sa hon vulgärt, och jag hörde hur hela hennes mun var full med dialekt.

"Är du sugen på nån speciell modell, eller?" sa expediten nasalt.

Jag fastnade för ormskinnsmodellen. De var så ursnygga på hennes fötter. Så fort jag kom hem skulle jag sätta mig framför datorn och leta fram den billigaste modellen av snickarbyxor på hela internet. Mode är så knäppt. En grej som är skitful egentligen. Hängselbyxor. Så tar en hipster på sig det och det blir fucking elegantare än elegant.

Det pirrade i magen. Tänk att vi gjorde det här för MIG. Att det fanns föräldrar, som Lillys, som verkligen ville sina barn väl.

Jag höll hundralappen i min handflata. Länkades i tanken tillbaka till min hopskrumpna pappa hemma.

"Hon är sjukt sugen på dina skor", sa Lilly.

"De här?" Expediten fläkte upp sin fot på disken. Jag nickade. "Det är vårens senaste. En urskön legering i lädret. Du kommer inte ångra dig en minut, det lovar jag dig."

Så bra. Jag som ångrade praktiskt taget allt i livet. Jag skulle behöva en liten frist.

"Kan jag få prova dom?"

"Självklart."

Expediten langade fram en låda. Hennes rumpa gungade perfekt snyggt när hon gick. Så där skulle jag också vilja lära mig gå en dag. Det här var kapitalism extra allt. Får dig att känna dig oövervinnlig.

"Är det stålhätta?" frågade jag när hon kom tillbaka.

"Inte den här modellen."

"Äh, jag ska ändå gå en kurs i självförsvar."

Expediten tittade tveksamt på mig. Nu hade Bita rört vid cirka varenda sko i hela affären. Hur mycket skulle man egentligen behöva skämmas?

"Var kommer ni ifrån?" frågade expediten och log.

"Tierp", sa Lilly. "Planen är att hon ska nita hela Tierp. Därför behöver hon egentligen stålhätta."

Expediten skrattade.

"Stålhätta är alldeles för tungt för dig, lilla hjärtat."

Jag höll min hundralapp som den sista droppen vatten. Stålhätta eller inte, med de här kunde jag aldrig faila. I spegeln avtecknades en snygg människa, en människa redo att rustas för verkligheten.

"Hur mycket kostar dom?"

En sista liten fråga bara. Jag släpade av mig skorna. Min blöta socka luktade fotsvett, det kände jag nu.

"Ett fem nittionio", sa expediten.

Jag snabbkalkylerade i huvudet. Ett fem nittionio. Vad betydde det?

Bita såg på mig. Hon går dessutom natur och är geni i matte.

"Ett tusen fem hundra nittionio kronor, baby", sa hon.

Jag knycklade hårdare i min hundralapp. På bankomatkortet hade jag åttahundra. Hur skulle jag kunna drömma om ett par skor som kostar mer än nio hundra kronor? Vem var jag? Helt ute? Lika död i huvudet som min far?

Lilly steg fram och viskade något ångestdämpande i mitt öra.

"Vänta", sa vi gudar i kör. Lilly sprang ut till bilen.

"Jag stänger nu, tjejer", sa expediten och började plocka med några lådor. Jag lät mina tankar vandra över henne ett tag, hur många år hon var, vad hon hette, om hon gjorde något annat än att jobba här, hur hennes ungdom hade sett ut.

"Vad heter du?" frågade jag.

"Chandra", kom svaret elegant.

Lillys pappa steg in genom dörren, drog fram plånboken och gav Chandra ett kort av guld. Jag insåg att han gjorde något annorlunda mot Chandra än han brukade göra med oss, höll kvar blicken lite längre, dröp av något annat i ansiktet, kanske sex.

Hon la ner skolådan i en påse och klev ända fram till mig.

"Varsågod, fröken. Jag hoppas att de ska passa."

Hon blinkade något vagt och nätt mot Lillys pappa.

"Jag lovar att betala tillbaka så fort jag kan", sa jag till honom ute på gatan.

Chandra låste och bommade igen sin butik för natten.

Mina ormskinnskängor låg kullvälta på ett trägolv i en hall i Vasastan. Vilken jävla våning. Vi gled stumma ner i den vita soffan. Lillys pappa växelbodde alltså i en VÅNING mitt i Stockholms innerstad, det var högt i tak, en stilren kristallkrona kastade ett skumt ljus över tysta, vita väggar, på väggen satt en plansch som återgav omslaget på Sara Stridsbergs bok *Drömfakulteten*. Ett collage av rosa fluff. Lillys pappas flickvän Ami gled in med ett högt stearinljus i en ljusstake som hon tände med en lång braständare.

"Heeeej, Lilly", utbrast hon när hon fick se Lilly i soffan.

Lilly reste sig och fick en närgången, överväldigande kram.

Jag vet att Lilly gillar Ami bara för att de går ut och shoppar i små lyxaffärer som inte finns någon annanstans på jorden och sedan går och äter lunch på Hard Rock Café.

Inom mig avundas jag Lilly så hårt för att hon har tillgång till den där världen. Den som inte är hård och kvävande som i Tierp, men som istället KRÄVER något av dig. Jag skulle aldrig klara av att bli avkrävd elegans, världsvanhet eller ens en gnutta streetsmartness. Ibland undrar jag om det enda jag känner till är bred bufflighet.

Men jag förlåter Lilly, gång på gång.

Ami var helt klädd i nyanser av vitt, långkoftan vit, chinosen beige, underlinnet benvitt, håret slingat. Det skulle inte gå att anklaga henne för synd.

"Heter hon Ami Hamilton också?" väste jag i Bitas öra.

"Käften okej, schhh", svarade Bita.

Jag gled med fingrarna över en bok på soffbordet. Johan Cullberg: *Märta och Hjalmar Söderberg: en äktenskapskatastrof.*

Jag tordes inte öppna.

Lillys pappa flög runt i färd med att gräva ner den vita skjortan i kostymbyxorna, jag såg hans händer fingra på de vita kalsongerna, läderskärpet som trycktes till. "Då sticker vi, tjejer. Ta vad ni vill ha. Det finns som sagt öl, jag har lovat Lilly att ni får smaka." Han satte upp pekfingret i luften. "Men inga snedsteg nu och bara en starköl var medan vi är borta, okej?"

"Jaaaa, pappa", sa Lilly.

"Var ligger vernissaget?" sa jag spelat införstått, som om jag visste en enda konsthändelse som ägde rum i den här stan.

"Galerie Nordenhake. Michael Schmidt."

"Jaså där", sa jag.

Bita knuffade mig i sidan.

Den vita dörren smällde igen och allt jag tänkte på var ordet äktenskapskatastrof, äktenskapskatastrof, äktenskapskatastrof, att jag ville bli så full att jag inte mer kunde uttala ordet "äktenskapskatastrof".

Bita bad om besinning, att vi verkligen skulle köra en öl var, tänk om vi råkade ha sönder något i den fina, fina våningen. Jag la mig ner på trägolvet och dränkte mig själv med ölen. Det smakade som om jag var döende i öknen och just fått dricka min första droppe.

"Äktenskapskatastrof", mumlade jag till Lilly.

Hon skred fram med ett rassel i handen.

"Nycklarna", sa hon. "Klockan är åtta. Ingen på redaktionen är kvar. Är ni salongsberusade?"

Vi gled igenom Stockholm. Gatorna var så stora och oändliga, en känsla av att jag kunde vara precis var som helst i världen, jag hittade lika dåligt här som i New York. Stegen blir så tunga i Doctor Martens, jag bestämde mig för att låta skavsåren blöda, smärta går att ignorera, bara man har ett viktigare uppdrag att koncentrera sig på. Vad är självspäkning, vad är lite blod mot att faktiskt förändra något i världen?

Jag la märke till att Lilly bar en lång, svart kappa, som jag inte hade sett förut. Att hon höll ett stort paraply i handen, som en dam.

"Vad fin du är", sa jag.

"Tack! Det är Amis kappa. Jag fick den."

"Vad snällt."

"Vad tung DU är, i dina skor!"

Jag tittade ner på skorna. De kändes plötsligt som elefanter. Jag erinrade mig betalningen, att jag praktiskt taget tillhörde Lillys pappa nu.

"Jag ska betala tillbaka sen", sa jag.

Det här var kapitalism extra fail. En sekund av total oövervinnerlighet inne i butiken, sedan elefanter på fötterna och ens eget jobbiga jag.

Ljusen från typ Odenplan började komma, ett ljus genomdränkt av gator, hus och ansikten, det stank av asfalt, mjukt regn och uråldrig gammal smuts. Det var som att här inte fanns någon årstid. En sval barnfamilj strök omkring med en barnvagn där ungen sög på en morot.

Stockholm gör dig trubbig, gör att du måste känna dig full.

Vi var framme vid den roströda husfasaden. Lilly flängde in nyckeln i låset och larmade av på redaktionen, hon tände lyset. Det luktade böcker. Billy-bokhyllorna stirrade mot oss.

"Du skriver texten, Janne. Du är bäst."

Det fanns ett högt bord med barstolar att sätta sig vid.

Jag fick en MacBook Air i min hand och svalde undergångskänslan flera gånger. Sa till mig själv: Nu är det så att du står framför ett sjukt uppdukat buffébord. En serveringsgång. Du får ta för dig av allt. ALLT. Och därinne, vid middagsbordet, sitter dina vänner. De är inte betjänterna. De är inte servitriserna. De är varsitt stort, fucking beslutsfattande organ. I egen hög person. Detta är vi: Bita, Lilly och Jane. Vi behöver aldrig mer oroa oss för att världen ska ta slut innan vi hunnit lära känna den.

Vi rör oss inte i någon jävla foajé.

Det var bara det att jag kände mig så osäker.

Jag skrev:

"Den nittonde februari:

Daniel Abdollah slår sin flickvän Lilly Karlsson. Han slår in hennes käke i diskbänken. Ett rungande slag.

Det har tidigare inletts ett s.k. BDSM-förhållande mellan dem. Det betyder att de får ha lite våldsamt sex. Ibland turas de om att vara sadisten som gör något våldsamt på den andra. Inget konstigt, många gillar sånt. Folk som tycker att det verkar ball och kul. Vissa kontrollerar och behärskar det bra. Andra kan inte hantera.

I det här fallet kunde killen inte hantera. Lilly faller till golvet. Hon får ett blåmärke, kommer inte till skolan efter sportlovet. Hon gör ingenting, anmäler inte. Men en sak är säker: Det var inte överenskommet att någon fick gå så långt. Den som ger sig in i leken får leken tåla. Men om leken inte är en lek längre, om leken går överstyr och blir misshandel på riktigt?

I Daniel Abdollahs lägenhet i Tierp hände detta den nittonde februari."

Texten på datorn lyste mig i ansiktet. Nu fattades bara ett bildbevis.

"Fan Janne, du är så JÄVLA bra!" utbrast Bita. "Jag

128

fattar inte att du inte går journalistik! Du ska fan bli journalist när du blir stor."

"Ja, eller filmstjärna", sa jag och monterade in bilden på Lillys skadade käke bredvid texten. Blåmärket löpte från hakan och upp.

"Fy fan, vad ont", jag rynkade på näsan. "Hur gör vi med filmen?"

Lilly hällde upp en påse Polly i en skål.

"Farsan bjuder", sa hon.

Bita sa:

"Vi tar en stillbild. Typ när han höjer handen bakåt. Om nån vill se ordentligt har vi ju hela materialet."

Jag blev hög av socker. Chokladen fastnade i mina tänder.

"Sen måste vi snabbt som satan komma på vem som höll i filmkameran", sa jag. "Egentligen måste vi veta redan nu. Journalister kan inte hålla på med ofärdiga historier."

Lilly höll på med tändaren, tände ett värmeljus, släckte det med fingertopparna, tände det igen.

"Hela mitt liv är en ofärdig historia", sa hon.

"Et cetera", sa Bita.

"The Never ending Storyyy", sjöng Lilly med sin spruckna, sexiga röst. De blonda hårtestarna ringlade som ormar ner från huvudet.

"Nej", sa jag irriterat. "Era liv är inte ofärdiga historier. Ni är fulländade, fattar ni inte det? Just exakt nu är ni det. Ni är hungriga, vackra, salongsberusade och busiga. Ni är intelligentare än Lady Gaga. Ni har kläder som passar ihop med er storslagenhet. Om femton år har ni inte det."

Lillys ögon glimmade i mörkret, sögs upp av ljuslågan.
"Vad har vi då?" sa hon.

Jag såg avundsjukt på hennes svarta linne med små knutiga blå blommor på, ett sådant man köper på Carlings och sedan använder varannan helg, jag hade lånat det en gång och känt mig nästan vacker. Hennes smala armar stack ut under hårsvallet, långt, blont och självfallande, det var som om något i Lilly aldrig ville sluta falla.

"Då har vi barn och sitter stilla hela dagarna förutom när vi byter blöjor och lagar mat. Vi blir isolerade. Friheten rör aldrig vid dig så mycket som nu", sa jag intensivt. "Så carpe diem."

Jag var för högtidlig.

"Carpe din fucking mamma, Janne", sa Bita och gjorde en visuell örfil på min kind. "Nu snackar du skit. Gå tillbaka till nästa uppgift. Filmen?"

Den fjärde mars, skrev jag.

Jag skrev om filmen. Jag skrev om filmaren. Jag skrev om en hel värdighetsapparat som inte gäller för killar. Jag skrev med orden jag hade fått slängda efter mig hela högstadiet: "HORA FITTA KUKSUGARE", tretton doser om dagen, till slut är kroppen immun men ändå sargad, en liten kärna därinne, ett bloss, har gått förlorat som en trampad fimp i natten. En gång en förlovad limpa cigaretter på Ålandsfärjan, nästa dag hundra fula fimpar i rännstenen.

Lilly fotade mig medan jag skrev. Jag ansträngde mig hårt för att se snygg ut i mina komiska jeans som inte alls passade ihop med de nya skorna.

I min svarta, enkla tröja. Jag är så ful när jag anstränger mig, så ful när jag gör spegelminen.

Jag skrev med hjärtat öppet. Det är något inom mig som alltid är fult, hårt och sargat, något som gör kroniskt ont. Jag vet inte vad det är. En dag kommer känslan att falla på plats i mitt ansikte och nå ända ut. Allt kommer att synas. Just nu är jag vag och fager. Det är det ungdomen gör. Bara förlåter en, gång på gång, på gång. Precis som kvinnorna gör. Förlåter männen, gång på gång. Och om kvinnorna inte förlåter männen så hatar man dem.

Som jag med mamma.

Hon älskade inte pappa tillräckligt mycket.

Man måste älska männen mycket.

Jag kan aldrig förlåta henne för det.

Det här fula, som rullar fram och tillbaka som en gnisslande flipperkula i mig, ett förvirrat exemplar som skaver i magen, ingen vet hur den kom dit, ingen vet hur den ska komma därifrån. Bara en poänglös, drivande sorg. Amor förstår den inte. Bita och Lilly förstår den inte. Pappa och mamma förstår den inte. Själv förstår jag bara att jag måste fortsätta berätta. Jag vet inte vad jag berättar. Jag bara skriver det som är sant.

Jag satt där, i Stockholm, den elfte mars i tidernas begynnelse, och skrev skiten ur mig på Lillys pappas tidningsredaktion.

Vi döpte dokumentet till "Hundbladet" och Lilly provade att ringa till tryckeriet med förvrängd röst.

"Ja, hej, det här är Kulturtidningens chefredaktör Ami",

sa Lilly högfärdigt och knep fingrarna om näsan för att låta seriös. "Med nästa nummer kommer vi att trycka en folder som ska följa med som extramaterial. Det är för våra läsare som även är hundälskare."

"Hundälskare?"

"Ja, ursäkta att vi anmäler det här så sent, men hund och kultur har börjat gå hand i hand mer och mer", sa Lilly proffsigt. "Det händer en hel del på hund- och kulturfronten här i Tierp."

"Tierp?"

"Jag menar stan", fnissade Lilly. "Här i stan. Stockholm."

Tryckeriet godtog skiten. Hundbladet skulle komma med nästa leverans av nya numret nästa vecka. Vi firade med att tränga oss före i kön på en restaurang som heter EAST. Där ville en gammal, eldig kostymgubbe bjuda oss på en drink, för det var hans födelsedag. Mina kläder var våta och jag frös och gick och satte mig på toaletten för att slippa. När jag kom tillbaka ner på dansgolvet hånglade Lilly med gubben. Det kändes som om jag hade en gurkkostym när jag gick fram till henne för att fråga om vägen hem. Jag såg Bita stå i en ström av UV-ljus och dansa med en hysterisk kille i orange satin-bomberjacka med ryggtryck. Luften var hal som olja. "JAG TAR BUSSEN HEM", skrek jag i Bitas öra. Hon dansade så hårt att ljudet aldrig träffade rätt, det studsade tillbaka mot mig som ett eko. Jag ville känna mig hoppfull, men jag kände mig ledsnare och ödsligare än den tysta busschauffören som körde mig tillbaka.

DET TIONDE KAPITLET I VÄRLDSHISTORIEN

Oxmånaderna är svåra. Tar dig raka vägen till ungdoms-
mottagningen. Nu satt jag här, med hjärtat och nummer-
lappen i handen, och grät igen. Nummer tre i raden av
ångestbesök på tre månader.

Men hallå, hur ska en människa med skulder upp över
öronen för ett par svinsnygga ormskinns-Doctor Martens
ha råd att handla dyra dagen-efter-piller på apoteket, som
vilken deluxe-accessoar som helst?

"Nummer sextiosex, varsågod."

Alltid detta ångestnummer.

"Du ska vara glad att det fortfarande är gratis", sa barn-
morskan Tanja som tog emot mig inne på rummet. Det
luktade sjukhus och gummihandskar. "Varsågod och slå
dig ner på stolen."

Hon såg inte ens på mig.

"Orka", sa jag högt och suckade.

Jag torkade tåren i ögat.

"Förlåt?"

"Jag orkar inte", sa jag. "Jag orkar inte ta din skit."

När man är trött och dras med en tre dagars allmän livs-bakfylla går det att säga praktiskt taget vad som helst.

"Vad pratar du om?"

Tanja Huusko slog sig ner vid skrivbordet och sökte min hand. Hon hade mjukt, dunigt hår i en page som snuddade axlarna. Två träpapegojor dinglade i öronen. Jag insåg att den här kvinnan hade både döttrar och söner och tog hand om dem som en utomjordisk superquinna. Tanja gillade säkert att sticka, engagera sig i barnen och beställa biljetter till konserter med First Aid Kit.

Jag ville falla i hennes armar och berätta allt. Istället sa jag, genom tårarna:

"Och nu ska du säga till mig att jag måste använda kondom, att det här på sikt kommer ge mig livmodercancer, och du vet inte ens vem jag är, hur jag mår, hur min kropp känns, vem jag har haft sex med."

Tanja tryckte min hand.

"Fattar du! Ni vet INGENTING! Jag har varit här … Det här är tredje gången sen i julas. Varenda gång har jag gått härifrån gråtande. Att komma hit är fan värre än sexet. Värre än risken för sjukdomar och barn. Det är här jag fattar vilken jävla hora jag är. Ni tror att ni är så gulliga i era luggar och leenden men ni dömer, ni dömer så hårt. Jag kanske MÅSTE? Jag kanske inte har nåt val? Vad har ni för rätt att döma den som kommer hit och ber om hjälp?"

Jag snorade i handen.

Det borde varit en filmscen, då hade en skönt hoppfull melankolisk musik dragit igång och gjort mig till hjälte nu.

"Snälla Tanja Huusko", sa jag vädjande. "Kan du lova mig en sak."

"Det får vi se", sa Tanja professionellt.

"Lova mig att aldrig mer döma en varelse som går in här."

Tanja tittade varsamt på mig.

"Tänk att jag förstår dig så väl, Jane", sa hon och plockade fram den vita pillerkartongen. Där höll hon i mitt framtida illamående. "Men har du tänkt på en sak?" Ögonen glittrade.

"Nej."

Hon böjde sig långt över skrivbordet, viskade, som om det satt någon härinne som inte fick höra:

"Det är inte jag som dömer dig. Du dömer dig själv. Samhället dömer dig. Vi barnmorskor gör bara vårt jobb. Om du på något vis känner dig kränkt här tror jag det är för att allt redan är kaos. I *dig*. DU mår dåligt. DU känner dig smutsig. DU har skuld. Att gå hit till oss bekräftar bara de känslorna."

Det lät så fulländat. Jag var inte säker på att jag förstod.

"Jag säger bara att vi är dina allierade till hundra procent."

Någon form av tonårsdotter hade hon nog, det hörde jag.

"Men jag vill bara hem och gråta i mammas famn", bölade jag. "Fattar duuu." Tanja höll om mig i tre minuter. Jag fick snora på hennes sjukhusrock.

Sedan drack jag vatten från en plastmugg och dödade ett barn.

135

När man slår upp dörren till väntrummet på ungdoms-
mottagningen, hur ska man veta att den som står därute är
upphovspersonen till cirka hälften av all ens sexuella ångest?
Han hade enhjulingen i handen.

"Tja, vad fan?"

Amor bar ett sjukt stort sugmärke på halsen. Jag snabb-
visualiserade hånglet hemma hos mig.

"Vad gör du här?" frågade jag upprört.

Amor la handen över den röda, blossande femkronan på
halsen. Det började kännas snårigt. Det där sugmärket var
inte mitt.

"Jag har fått vårtor", sa Amor och grävde upp en röd
snusnäsduk ur läderväskan. Han hostade till. "Och så är
jag förkyld", sa han och knöt snusnäsduken runt halsen.

"Vårtor?" sa jag.

"Ja, alltså, på kuken."

"Skämtar du?"

Det kändes överdrivet att kalla Amors könsorgan för
"kuk". Det var något mildare över det, barnsligare.

Nummerlappssystemet tutade ut nästa röda nummer.
"Sextiosju."

Amor gjorde en snurrande, lustig move på golvet, för att
markera att han skulle in till Tanja.

Jag fick inte ur mig ett skvatt.

Det var omöjligt att komma längre i tankarna. Amor?
Vårtor? Sugmärke? Han och jag? Sexuellt överförbara sjuk-
domar?

Det kändes så hopplöst onödigt att dra på sig en könssjukdom från Amor Lindgren. Som häderi.

Den enda bild som blödde ymnigt i min hjärna var den på Linn Hoffman, den blonda bitchen som vältrat sig över Amor på Kevins fest.

Tanja Huusko öppnade dörren.

"Är du Amor?"

Hon uttalade det som på spanska.

Doctor Martens-tyngden höll mina fötter i en stadig riktning över Södra Esplanaden. Som om skorna var ute och gick med mig. Tierp hade ett stort, grått fluffmoln över sig. En atombomb av svart florsocker. Snart skulle allting spricka. Jag flanerade runt med en glasskärva i hjärtat. Gjorde jag en för konstig rörelse skulle jag dö.

Amor var jag förlorad för.

Lika bra att lära sig att gå.

Jag slant med foten över en isfläck. Tierp: det ÄR inte meningen att någon ska bo här. Staden byggdes upp under artonhundratalet enbart på grund av en järnvägsstation. Ingen människa fanns här först. Det är precis som med kärleken. Det går inte att bara bestämma sig: nu är det han och jag. Precis som det inte funkar att tvångsförflytta människor till en gudsförgäten norduppländsk plätt. Då börjar de bara leta efter det mest underbara sättet att dö på.

Jag gick in på Centralstationen, låtsades att jag var på väg någonstans, satte mig på bänken bredvid en kvinna i grön dunjacka och eldrött hår som gastade något hjärndött i sin mobiltelefon. Människor letar efter det organiska, letar efter en äkta plats för livet och kärleken, och allt som kommer är kalla lysrör.

Hon där borta, bakom informationsskylten. Liknade hon inte misstänkt mycket min mamma? Julia, den förlorade. I hjärtat likställde jag henne med Amor. En sorglig sång som aldrig ville sluta sjunga. Jag sms:ade alkis-Danne: "Testa dig för könssjukdomar. Jag kan ha kondylom." Gick in på Järnvägskiosken för att köpa den starkaste kaffen de hade och några cigg.

På vägen ut sprang jag rakt in i henne.

"JANNE!"

Mamma slog armarna om mig trots att jag var upptagen med att bära upp en skållhet dubbel espresso i en pappersmugg. Jag hade näsan inborrad i hennes axel.

Det är alltid så med mamma. Något som blir fel. En kram som landar snett.

Hennes axel skar in i min hals.

"Varför kramar du inte tillbaka?" frågade hon och såg på mig med sitt vilda, blonderade hår i en yvig tofs. Ögonen smulade av smink.

"För jag har kaffe och cigg i händerna."

"Men fryser du inte?"

Det såg ut som om hon ville stoppa ner mig i en sovsäck.

"Vad gör du ens här?" sa jag spydigt. Jag blev lite upplyft av stunden, detta att mamma såg att jag faktiskt hade ett eget liv.

"Mellan två världar. Niclas och jag bor i en husvagn. Jag måste faktiskt hem och prata med pappa."

"Om han är hemma. Tror han är i Gävle på fotboll med Roffe Borg."

"Så pass?"

Jag nickade.

"Umgås dom jämt nu, eller?"

"Praktiskt taget."

Vi var på väg ut, genom dörren, utan att någon föreslagit att gå. Mamma och jag. Där var kallt och luktade inbromsningar, rök och brända däck. En taxichaufför slog upp bildörren åt oss. "Nej, tack!" log mamma. Glasskärvan i hjärtat snurrade ett varv. Jag kunde bryta samman, jag kunde välja att hålla ihop.

Jag tände en banbrytande cigg.

"Mamma, varför flyttade ni till Tierp?"

"Pappa fick jobb. Jag var beredd att flytta efter."

Tråkigt svar.

"Men hur kan man välja Tierp?"

Jag bolmade in mamma i ett moln av rök. De stora digitala anslagstavlorna blinkade i orange över oss. Tänk om pappa skulle trilla förbi, direkt från Gävle, fan vilken flummig stund det kunde bli. En dörr i mig står alltid öppen för flummiga stunder.

Hela mitt liv är en sådan öppen dörr.

Det är därför det är så svårt nu, så tungt att aldrig veta vem som ska få gå in och ut genom de jävla dörrarna. Mammas dörr var halvt stängd. Rynkorna frodades i hennes ansikte.

"Tierp var fredligt på den tiden. Inga sexklubbar eller bränder och färre utslagna i samhället. Men det gäller väl för hela Sverige. Det var en bra stad för små barn."

"Men snälla mamma."

Det började snöa.

Jag såg dem inom mig: Kent och Julia. Carpe diem.

"Hur är det hemma då? Lyssnar pappa fortfarande på Orup?"

"Mest Niklas Strömstedt nu. Och typ Enya."

Mamma skrattade. Jag skrattade. Vi skrattade som man skrattar när man är ensamma i hela världen om att känna en person så bra.

"Ska vi fika?"

Hon hade med ett osynligt rep styrt mig mot Konditori Royal på Stationsgatan. Jag spolade ciggen under skon. Vi satte oss vid samma bord som jag suttit vid med Daniel Abdollah. Cafébiträdet var som tur var en annan.

"Du vill ha en bulle, eller?"

Mamma kom tillbaka med en bulle, varm choklad, "och till mig lite vitaminvatten citron". Hon fick plötsligt syn på mina skor. "Vem har råd att ge dig skor med stålhätta? Gudars skymning, Janne, har du bytt stil?"

Jag smakade på vitaminvattnet ur ett sugrör.

"Jag jobbar ju."

"Ville du inte ha varm choklad?"

Hennes ögon var så sorgsna. Det var inte läge att börja hata.

"Jag skulle bara smaka."

Mamma log när hon ställde fram den varma koppen.

"Hur är läget då", sa jag och drack.

Mammas kinder tryckte ihop sig runt sugröret.

"Det kunde ha varit bättre faktiskt, Janne."

Jag betraktade henne när hon rafsade om håret i en ny, jobbig knut medan hjärnan funderade ut nya ord.

"Inte världens lättaste sak att separera, om du tror det."

"Jag tror inte ett jävla skit."

Mamma suckade. Hon visste att det skulle bli så här. Jag frös plötsligt, fast det var så mycket varmare här än utanför.

"Jag vet att det inte är lätt för dig, Janne. Jag kommer inte hit för att ge några snabba lösningar. Sånt här måste få ta tid. Lång tid."

"Ja, och sen är tiden slut och jag är vuxen för evigt? Och du behöver inte bry dig om mig mer?" Jag kröp ihop med armarna för bröstet, ville skydda mig från henne, alternativt be henne att hugga av mitt huvud. Mamma hade tårar bakom ögonen, en hel kulspruta redo att börja peppra.

Åh, om det bara inte fanns barriärer, om pappa och hon inte hade gjort så här, om bara inte Tierp fuckat sönder deras livshistorier och nu även min, om jag bara fick avslöja hur mycket jag längtade efter hennes kropp.

Att få krympa ihop bakom hennes galler!

Att få bli en hudboll i hennes varma cell igen!

Att få bryta samman som en liten glödlampa som går sönder och varsamt måste bytas ut!

Åh, varför var det ett fucking världshav mellan mamma och mig!

"Mamma, jag vill veta", sa jag hårt och utforskande, "jag vill verkligen veta varför du och pappa måste skilja er."

Det kom ett läte från disken där cafébiträdet ångade upp en kaffe latte.

"Vill du verkligen veta?"

Mammas hårda, blå ögon fixerade min grågröna, flackande blick.

"Ja, tack. Hemskt gärna. Snälla."

"Det kan göra ont för dig att höra det här."

Äntligen något som skulle få mig att lyssna.

"Det var förra våren. Du gick i nian. Det var ingen bra tid. Ingen bra tid för oss."

"Är det mitt fel?"

"Jag säger bara, det var ingen bra tid. Men jag tror knappt att du la märke till oss då. Du bara festade med ditt."

Jag lät henne hållas. En orolig plastkasse full av tomflaskor hade börjat skramla runt i mig.

"Ja, och då så kastade han skridskorna. På mig."

Mamma drack upp det sista av vitaminvattnet. Hon svingade håret ur snodden igen. Satte upp det i en ännu hårdare knut.

Jag föreställde mig scenen. Blundade. Blundade hårt. Pappas skridskor. Hockeyrören han knyter runt halsen och bär med sig till Vegavallen upplysta kvällar när han ska träna bandy med Roffe Borg.

En hel trasmatta virades runt min kropp. Hårt, hårt, så att jag inte andades.

"Vad menar du?"

Jag såg skridskorna flyga genom hallen rakt på mamma.

"Men ljuger du, eller? Vad fan hände?"

Jag tappade röstens kontroll.

"Lyssna, Janne. Pappa blev våldsam. Det hände en gång. En gång." Hon satte upp pekfingret rakt i luften. "Det var då jag fick gå med plåster över hakan. Kommer du ihåg."

Ett vagt minne av mammas hakplåster bubblade upp, som smältande is. En hel Vegavall som bara smälter. Inom kort skulle allting smälta ihop.

Mamma rörde vid käken.

"En skridsko är vass och tung. Vad kan jag säga."

"Gick du till sjukhuset?"

Mamma nickade.

"Får pappa hjälp?"

"Det vet jag inte, gumman. Det vet jag inte."

"Men vadå, är han farlig?" Jag flög upp till stående, redo att börja snorta vad som helst, peppar, socker, salt, allt för att ta bort känslan av druvor som trampades till vin i mitt huvud. Vitaminflaskan rullade till golvet. Jag höll hårt i mina cigaretter. Mamma var blank i ansiktet, blank och taskig och helt fucking jävla omdömeslös.

"Så hur fan kunde du lämna mig med honom?"

Jag slet upp en cigarett, satte den till mungipan, det kändes som om hela munnen blödde.

"Han slog dig. Du stack. Hur fan kunde du lämna mig med honom?"

Det var kallt som satan utomhus när jag dundrade ut och bort och hem.

DET ELFTE KAPITLET I VÄRLDSHISTORIEN

Hur hårt är allt?

När man är sexton år, ska man behöva känna sig som sjuttiofem?

Jag låg nerbäddad under tre täcken i sängen. På benen hade jag leggings. På händerna pappas läderhandskar. Fråga mig inte varför. Någon form av pansar behöver man. Dessutom är han min pappa.

Jag kände bara hat, hat, hat mot min mamma.

Julia Lerngren, a.k.a. Niclas nya lover/mistress.

Om hon bara inte berättat hade det aldrig hänt.

Något rörde vid dörren. Det var pappa. Han stod i sin Gävle-tröja och såg rufsigt förvånad ut. Liksom mild.

Jag pillade ut öronsnäckan med handskarna.

"Janne, vill du vara med här? Jag håller på att prova ut de nya täckbyxorna."

"Täckbyxor?"

"Vi åker på hajk med några friluftsintresserade i Amors klass."

"Skämtar du?"

144

Pappa såg på mig.

"Nej. Skojar du med mina handskar? Man skulle kunna fråga sig varför du har mina handskar på dig i sängen."

"Det är så freaking kallt i hela lägenheten."

Pappa höll sig från tillsägelser. Han hasade iväg till ett stort paket ute på vardagsrumsgolvet. Drog ur ett par enorma, svarta täckbyxor. Han höll nästan på att tappa balansen när de träddes på.

Det kändes ruggigt i hela mig.

"Vad menar du med hajk? Vilka ska du åka med?"

"Jennie, Jossan, Malva och Isabelle."

Namnen prickade mig som hårda isbitar i hjärtat.

Jaså dom.

Nu fattade jag att Amor menade allvar med allt. Han skulle verkligen ändra på hela världshistorien.

"De passar ju jättebra." Pappa såg ovanligt odräglig ut i de stora täckbyxorna. Som en smal pinne invirad i en skumgummimadrass.

"Vi åker i månadsskiftet. Om kylan är kvar då."

"Ursäkta, men jag måste verkligen lyssna på Morrissey."

Tretton minusgrader i mars. Året var verkligen förskjutet, numera var hösten sommar och våren en enda lång vinter. Jag drog ner persiennerna och skruvade upp elementet. Pappas handskar var inkompatibla med tangentbordet, de fick åka av.

"Catharina Blomsteräng Swärdh", stod det i mejlkorgen.

Hej Bita och Jane.

145

"Hej", sa jag högt för mig själv.

Välkomna till ett möte på mitt rum imorgon klockan 8.00. Jag vill följa upp samtalet vi hade i början av månaden. Daniel A kommer att vara med. Lilly håller vi utanför det här."

"Du fucking skämtar", sa jag och höjde volymen på datorn. Åtta på morgonen. Morrissey skulle komma och överrösta allt.

Varför kände jag mig alltid som peaken i en världsomstörtande låt?

Som fyllan i en ölburk?

Som det skönaste ögonblicket i en orgasm?

Hur är det ens möjligt att så sublima individer som vi lever och rör oss i samma värld som vuxna täckbyxgubbar och skräcködlerektorer? Så tänkte jag.

Sedan la jag mig på sängen och tänkte på pappa igen. Tierp. Var det Tierp som hade skadat honom? Jag har läst någonstans att gifta par som flyttar till förorten, villakvarteret eller den lilla småstaden blir isolerade, så isolerade att någon till slut blir galen. Något litet svagt hjärta kokar alltid över.

Jag gick ut till pappa igen.

"Pappa, jag kan följa med dig på hajken", sa jag ömt.

Han stod i sina varma täckbyxor och klickade fram berättelser om sporten på text-tv.

"Vad trevligt, Janne. Vi får se hur det blir."

Jag la mig ner i den slitna Klippan-soffan. Pappa bytte solidariskt tevekanal till något där folk skrattade och grät.

Hur mycket jag än ansträngde mig kunde jag inte se att min pappa skulle kunna slå en enda människa.

Men vad visste jag om kärleken.

"Du har rätt, det är förjävligt kallt hemma hos oss", sa pappa och slängde en fleecefilt över min kropp.

Det behövdes lite detektivarbete. Det var en köttmarknad därute. Natten skulle bli seg och hård som kola, hårdare än allt, och jag skulle som vanligt ligga hemma och förbereda mig för att dö. Pappa hustrumisshandlare, mamma polygam. Failade lilla barn. Pappa hade somnat på andra sidan av soffan, munnen var öppen på vid gavel, som om någon hade krokat dit en mun, och ur det oändliga gapet kom nu ett oregelbundet, rosslande ljud. Jag reste mig upproriskt från filten.

Jane, Jane, kom ihåg att du heter Jane. Kom ihåg att ditt namn glittrar som ett pärlhalsband i natten.

Fem minuter senare stod jag framför Bitas hus. Klockan var halv elva och det var tisdag. Ändå måste man ibland. Stå barskrapad med sorgen upp i röven och bulta med ett slitet hjärta. Och säga: snälla, kan jag få prata med min vän? Bara en pytteliten stund?

De hade folk hemma. Fariba såg besvärad men glad ut. Röster, matlukt, allmän förvirring. Det var ett helt sällskap i hallen som skulle hem.

"Bita, *joonam*, kommer du och tar emot besöket?"

Fariba vinkade in mig från trappan flera gånger. Liksom: in med dig, in med dig. Jag hamnade mitt i en konversation medan vännerna tog på sig halsdukarna och kapporna och samtidigt hälsade på mig.

"Nej, nej, nej", förklarade Mahmoud. "Faktiskt, Bita är kemist. Hon kommer att vinna Nobel Prize."

Fariba backade upp.

"Bita har vunnit stipendium. Bästa unga kemist." Den mörkhåriga damen som Fariba hjälpte på med kappan log imponerat. Fariba nickade stolt. Bita for förbi allihop, kom som ett skott rakt i min famn.

"Det var Daniel Abdollah som vann priset", sa hon.

"Bästa unga företagare." Fariba såg ut som om hon inte förstod. "Hallå, jag fick liksom bara A på provet. Och hedersomnämnande i skolans kemiklubb."

"Du ser", sa Fariba till kvinnan hon hade en grej med. "Och på alla proven högsta betyg."

Mahmoud dunkade Bita i ryggen.

"Nobel Peace Prize. She is a God, ser du?" sa han till sin manlige vän och lyfte upp Bita mot taket. "Väger inte ett gram. Faktiskt, jag ska mata dig med ghormeh sabzi tills du spricker."

Bita sprattlade med benen.

"Gorby's pizza?" försökte jag.

Hela sällskapet skrattade åt mig.

"Han menar örtgryta", sa Bita. "Persian speciality."

"Har du inte smakat?" sa Fariba. "Kom, kom, Janne, du måste smaka." Bitas mamma for in i köket och lyfte på ett lock. "Och jag har även salade olivie. Potatis, majonnäs, ägg. Är du hungrig?"

Fariba hade redan börjat hälla upp på ett fat.

"Hallå, vi ska liksom power-walka", invände Bita.

"Min Gud du kommer dissapear like ett snöre i min hand", sa Mahmoud som kindpussat bort alla gästerna i hallen, och gestikulerade något försvinnande med handen. Han öppnade dörren ut till mörkret och föste ut oss så kärleksfullt som bara en riktig pappa kan göra.

Jag fattade inte att detta sällskap av välartade, nära vänner till Bitas familj härbärgerades av själva Tierp.

"Var bor de liksom?" frågade jag.

"Några i Vendel, de kör bil, en familj på Rådhusallén, några nära dig."

"Jag har aldrig sett dom förut."

Sällskapet försvann runt hörnet när vi kom upp på trottoaren. Det hördes skratt.

"Hur är det, baby?"

Bitas örhängen var två monsterstora, tjocka silverringar, de trycktes in i örat när jag kramade henne i armkroken. Ibland kom man för nära Bita.

"Aj", sa hon.

"Förlåt."

Vi gick tysta.

"Kan vi inte bara lyssna på musik?" sa jag.

"Okej."

Jag vet inte varför jag hade så svårt att prata. Det var bara det att en brant störtade inom mig. Ett gluphål av schweiziska alper. Jag förberedde mig inför jordens ensammaste uppgift:

klara av att åka nerför alperna utan förkunskaper, med risk att rulla igång världshistoriens största lavin. Vad gör man med en pappa som kastar skridskor? Som håller på med våld? Det brände i halsen. Bita krokade fast en trösterik hörselsnäcka i mitt öra. Drog på musik utan en tanke på volymen.

"Oj, sorry."

Hon sänkte. Som vanligt någon typ av r'n'b jag inte kände till. Jag som hade behövt lyssna på Morrissey, på Glasvegas, på Moto Boy, på någon form av sinnessjuk melankoli som kunde fånga mitt skandinaviska vansinnesvemod bättre än jag själv.

Det gick inte att hejda, gråten fanns i munnen, jag behövde bara försöka säga något för att den skulle rassla till och få hela min kropp att böja sig i en krum, skoliosliknande position. Det kändes som om jag behövde en rullstol.

Det var Bitas närhet, det var hennes lukt, det var hennes föräldrar, det var hennes hedersomnämnande från skolans kemiklubb, det var mina tunga Doctor Martens som jag inte ens visste vad de gjorde på min kropp, vad är jag för liten person att ha så mycket attityd på fötterna, vad är jag för liten person att ha så mycket sorg inom mig, vad är jag för liten person att ligga med idioter som ger mig vårtor och tror att det är skoj, vad är jag för idiotperson att sakna all den värme jag behöver nu.

Jag, som borde ha ett så jävla bra liv!!!

Jag kröp ihop mot asfalten och hulkade. Bita kramade mig med all den soul-mate-ness hon har.

"Min super-duper-mega-gud", sa hon och strök mitt hår.

I nästa bok gifter jag mig med henne, jag svär.

Hon höll om mig, kanske tyckte hon att jag grät för högt, tänk om det skulle höras ända in till radhuset, om Fariba och Mahmoud skulle ringa polisen, tänk om någon skulle klassa mig som alkoholistbarn.

Bita liksom kände mig.

"Tänk inte för mycket på dom andra nu. Gråt. Jag håller dig."

En lång sträng av snörvel gungade från min hand. Jag snorade in resten. Pappa. Det var hans eget fel. Genom hela skilsmässan hade jag varit lojal, visserligen hatat honom men ändå, alltid varit lojal, alltid på hans sida, jävla mamma som lämnat oss, så tänkte jag. Och så var det hela tiden hans eget fel.

Mina ögon mötte för första gången Bitas. De var stora, mörkt gröna och undrande. Vi började gå. Någon med en pudel kom gående, sa "hej".

"Hej", sa vi.

Stjärnorna glödde på den svarta Tierphimlen.

Vi gick på gångstigen förbi lekplatsen, ålderdomshemmet och allmänningen.

"Jag träffade mamma", sa jag.

"Oh, shit", sa Bita. "Jag som trodde det handlade om Amor eller Abdollah."

"Varför dom?" sa jag.

"För du verkar hålla på med dom en del, vad vet jag."

Jag klarnade från gråten.

"Vadå hålla på?"

"Glöm det", sa Bita ångerfullt. "Snälla berätta."

"Okej, men vadå hålla på."

"Heder, Janne, GLÖM."

Jag skakade av mig känslan av upprördhet för minsta grej. "Mamma. Hon sa en sak. Hon berättade om pappa. I våras, innan dom skildes. Att han smockade henne med en skridsko. Eller fan, två jävla hockeyrör."

Gråten liksom gled ur munnen med ordet "hockeyrör". Nu grät jag vidöppet.

"Ouch. Det sved", sa Bita.

Hon försökte trösta mig med blicken. Det jag hade berättat rumlade runt mellan oss som en sällsynt sjövattenspärla, den hade gröpts ut från min mun, från mitt inre, och något hade släppt. Nu visste vi bara inte vad vi skulle göra med den.

"Misshandel?" sa Bita. Hon fick det där småleendet på läpparna som man får när man måste hantera något svårt men inte klarar det.

"Hon blödde från käken och fick gå till sjukhuset."

Bita kramade mig.

"Jävla Kent Lerngren, jävla Kent Lerngren, jävla Kent Lerngren."

Jag grät in i hennes axel. Snörvlade.

"Snälla, säg inte så."

Utan att märka det hade vi gått rätt långt. En liten gångstig kan inte fortsätta i evigheter inom en upplyst sfär. Förr eller senare leder den in i ovissheten. Ett totalt jävla mörker. En liten gnista av pappakärlek som plötsligt ändrar betydelse.

Oroshärdarna som sitter i ryggraden, som påminner dig om att du på en offentlig cykelväg tillhör praktiskt taget vem som helst.

Bita hade panikslaget gripit tag i min ärm.

"Janne, det är nån som cyklar bakom oss."

Hennes sneakers floppade mot asfalten, lätet upphörde och vi stod stilla. En sådan där cyklist, i gröna cykelbyxor och glasögon som ett cyklop, med den sammantagna uppenbarelsen av en groda.

Eller en rymdvarelse.

Eller en våldtäktsman.

Amor sa till mig en gång: "men hallå, tjejer VILL väl bli våldtagna? Kan du inte bara erkänna det? Ni låtsas som att ni är offer!" Och jag hade knuffat honom ner från enhjulingen då.

Var jag också våldsam?

Son of a bitch?

Eller snarare: daughter of a slaughter?

Cyklisten passerade oss. Jag råkade se in i hans ansikte, det var fail, man ska aldrig se in i sin mördares ansikte, men samtidigt MÅSTE man memorera hur han ser ut om han skulle visa sig vara våldtäktsman och man ska anmäla honom sedan.

Den gröna lilla rumpan guppade över sadeln.

"SPRING!" väste Bita i mitt öra. Och fy fan vad vi sprang. Vi sprang tillbaka, rätt in i skogen, så snabbt att Bitas lössläppta stil började glappa mot marken, hennes öppna täckjacka fladdrade in i mig. Jag vände om och såg tillbaka. Problemet var bara att den lille cyklisten också snurrade runt med sin cykel ett varv.

Han tänkte köra efter oss.

Bita höll två pekfingrar mot min pulsåder på halsen. Jag låg uppenbarligen på marken. Runt omkring oss svävade en stor hydda av naturens eget bråte. Jag kände mig som ett vildsvin. Jag längtade efter Amor. Jag längtade efter något som inte var under min egen värdighet.

Ligga under en hopfallen gran längs skogskanten i Tierps södra delar, en tisdagskväll klockan 23.

Toppa sin egen maxpuls gånger tjugo.

Jag hade blodsmak i halsen.

"Du måste ta djupa andetag", sa Bita. "Här, håll min hand."

Vi låg där och höll varandra i handen. Luften var som att bita i is. Jag fyllde lungorna med det kalla. Cyklisten hade förlorat mot oss.

Vad hade vi vunnit?

"Jag hatar att man måste vara rädd", sa jag. "Jag har liksom en jävla pinne i röven."

"Lär dig att hantera det. Du kommer få gå runt med den där pinnen i minst tjugo år till."

"Vad händer sen?"

"Då blir du mogen nog att stanna inne på kvällarna."

Jag skrattade svagt.

Bita fick upp en pinne för att illustrera pinnen i röven. Hon synade den som en sällsynt diamant. Hennes svarta hår glittrade i nattskenet. Vi tänkte båda på middagen hos Fariba och Mahmoud, på värmeljusen, på sorlet och skratten, på lukten som stigit från Faribas stora gryta på bordet, ghormeh sabzi och ris. Att leva ett fredat liv.

"Var är vi någonstans?" sa jag.

"Kusten är i alla fall klar", sa Bita. "Vi går och kollar."

Daniel Abdollahs pizzaförort, hur ofta hade jag närmat mig den? En gång när jag rastade grannens tax och fick följa den sabla taxen efter ett spår? När vi tvingades dit för att suga ut Lilly ur misshandelssoppan? VAD FAN HÄNDER? VAD FACKIN HÄNDER OSS? JAG LIKSOM ARTIKULERADE DETTA TILL BITA: VAD HÅLLER VÄRLDEN PÅ MED FÖR NEDBRYTNINGSPROCESSER AV OSS? Du bor i en håla. Du har dina rutter. Du vet exakt var du får röra dig, vilka livsramar som innehåller dig. Vilka människor du stöter på var. Nu stod vi här. "Höghusen" med fyra jävla våningar.

"*Forget your dad, he's gone, he's gone, he's gone*", sjöng Bita och krokade fast en snäcka i örat igen.

Det var släckt i alla fönster förutom i Daniel As.

"Janne, vi har guldläge nu. Vi måste kolla in i lägenheten."

Melodin pumpade in i min hjärna och gjorde mig hög på kampen.

Glöm din farsa, glöm din farsa, glöm din farsa!

"Vi måste kolla vad i helvete det är han håller på med i den där jävla lägenheten", halvskrek jag på grund av hörlurar i öronen.

Bita skrattade.

155

"Bra, Janne, det är så det ska låta. Kan du fasadklättring?"

"Driver du", sa jag. "Aldrig att vi klättrar upp."

"Du vet att jag gör det", sa Bita.

"Men Fariba och Mahmoud?"

"De håller mig inte hårt, Janne. De tvingar på mig mat och sjukt höga prestationskrav. Det är deras snara om mig. Annars är jag fri."

Jag såg på henne med den stinna avundsblicken.

Men vi behövde inte klättra upp.

"Stanna!" sa Bita. "Säg jag SVÄR vem du ser därinne!"

I Daniel Abdollahs rum.

Det var komiskt. Daniel höll till och med i en pizza-kartong. Han tuggade och pratade med någon. Stjärnorna glödde på natthimlen över låghusets platta tak. Vi klättrade upp på ett cykelställ och stödde oss på en lyktstolpe. Din farsa är borta, din farsa är borta, du gör detta och din farsa är borta.

För första gången fri.

"Ser du vem det är?" sa Bita.

Och jag såg.

Amors lilla randiga konstnärsarm, jag följde blicken upp längs hans bringa, torson jag hade sugit på, bröstvårtorna jag hade haft i min mun. Sexton år av saknad efter en riktig man. Såg det lockiga, oemotståndliga håret.

Oskyldighetshåret.

Amor hade kallat mig för "hora" en gång när vi låg. Jag tyckte det var gulligt. Nu ville jag bara strypa vartenda minne som dök upp.

Bita nickade och såg på mig.

"Nu vet vi att det är dom två, va?"

"Ja, men typ", sa jag, med de oroliga tomflaskorna kvar i magen. Bita lyssnade inte på det. "FORGET YOUR MAN, HE'S GONE, HE'S GONE, HE'S GONE", halvskrek hon med låtsasmicken i handen. "Fan vad skönt att ha fått veta sanningen om någon. Just Amor också! The sär from the cirkus!"

Jag sträckte mig upp för att låtsas vilja se bättre.

"Vilken jävla business dom har därinne", sa Bita tvärsäkert. "Pizza och porr. Fy fan, jag kräks i munnen."

Alla glasskärvor sprack i tusen bitar i mig på samma gång.

"Okej, jag fattar nu", tog jag sats. "Vilken lowlife han är, min Amor."

"Hur känns det nu?"

De skrattade därinne. Tittade på datorn.

"Det var väl kul medan det varade", sa jag. "Medan jag kunde låtsas att jag höll på med kärlek."

"Naaaaw. Känns det jobbigt?"

"Inte så", ljög jag.

"Kan du ringa honom?" frågade Bita. "Se vad som händer?"

AMOR, tryckte jag darrigt in på telefonen. Jag såg genom fönstret: Amor som plockar upp sin mobil. Inget svar.

En ensam blå bil gled fram med ett riv genom Tierpnatten. Det var Mahmoud, han vevade ner rutan och vinkade in oss med en iver som om vi bodde i Baltimore och polisen var efter honom.

"Fort in, mina flickor. Fort in! Vad gör på gatan så sent? Faktiskt, vi blivit mycket oroliga. Jag har kört runt i hela stan!"

Vi guppade runt i baksätet och det kändes som om jag hade förstått något väsentligt om världen. Det var helt okej att kalla Tierp för stad.

Det luktade varmt i bilen.

"Får jag sova hos er?" frågade jag blygt.

"Självklart, *azizam*. Vår hem är din hem. Bitas vänner är som våra egna barnen", skrattade Mahmoud och slog ut med handen. "Här kan du inte stanna!"

Han hade rätt. Vi flöt förbi Tierps bajsbruna kommunhus, Biblioteket, Arbetarbladets redaktion, Hotell Gästas och Bennys fula Grill med de bästa hamburgarna i hela landet. Bara en sopsamlare gled runt i snöslemmet med sin svarta säck.

"Skojar du", gäspade Bita. "Mina föräldrar vill typ adoptera dig."

DET TOLFTE KAPITLET I VÄRLDSHISTORIEN

Världen är vår. Jag gick en runda på morgonen, innan skolan, medan Bita sov. Låtsades att jag var i Glasgow. Trevåningshusen blev höghus. Det hördes inga fåglar här. Bara ljud från en byggnadsställning med några gulklädda gubbar, det var de nerbrunna hyreslägenheterna på Bondegatan som restaurerades. De visslade efter mig, skrek "Tjena snygging!", men jag orkade inte ens bli rädd.

Amor bor på Bävervägen, i en brun mexitegelvilla. Om jag bara kunde nå in till Amor. Fråga några frågor.

Jag bröt mig in i trädgården, häckbuskarna fastnade i benen, jag knackade på hans fönster.

"Vad håller du och Daniel Abdollah på med?"

Amor gnuggade sig i ögonen.

"Snälla baby, klockan är halv sju på morgonen. Varför vaknar du så tidigt på en skoldag?"

"Jag power-walkar."

"I Doctor Martens?"

"Gör varenda anständig feminist i hela Tierp."

"Du är förjävligt underbar, Janne." Amor gäspade. Hans

fönsterruta immades av kondensen. Jag tryckte mig mot väggen. "Men inte just nu. Snälla inte. Nu."

"Det är nu jag är här. Och jag är inte underbar. Jag vill veta vad du gör med Daniel Abdollah."

"Jag gör ingenting."

Jag hade förstått att med män måste man vara rakt på, med män måste man köra inga-krusiduller, med män måste man skynda sig, annars blir fler kvinnor slagna, fler flickor våldtagna, fler barndomar söndertrasade. Fler skridskor kastade.

Jag drog upp axlarna för att signalera till honom att det var bråttom.

"Hallå?"

Amor drog av sig tröjan. Jag ställde mig på tå för att titta in. Se hela honom. Hans överkropp tog mig som en välsignelse måste göra för en troende. Rätt in. Hjärtat slungas ut i kroppen som en rymdkapsel. Sedan tillbaka igen.

"Amor, det går rykten."

Jag ljög.

"Vilka rykten?"

"Jag tycker du borde veta det. Vi vet att du var på festen hos Kevin Fält. Jag fattar att du låg med Linn Hoffman. Att hon gav dig vårtorna. Det är inte det."

Amor fick kväljningar. Det ryste på överkroppen. Den där nakna skulpturen i socker som jag flera gånger hade fått äta upp. Kycklinghud. Hans mamma bankade på dörren. Ett vilt, allmänt bultande överallt.

"Amor? Amor? Är du uppe?"

Amor skrek på sin mamma, sluta tjata på mig, sluta vara en tjatkärring, sluta vara på mig överallt, jag förstod inte att orden kunde komma från hans så söta, alternativa mun.

Men så visste jag ändå: allt är fejk.

En dörr öppnades och smällde igen. I hörnet segnade Amors enhjuling ihop. Den rullade till golvet med ett brak.

Han var stressad nu. Ändå körde han sin gulligaste stil.

"Jag vet inte vad du snackar om. Är du svartsjuk på Linn?"

"Prova inga tricks. Jag varnar dig."

"Vad är det för jävla Kalle Anka-snack?"

"Du kan fortfarande välja sida. Du kan stiga fram och erkänna vad du gjort."

Jag strök håret ur det kalla ansiktet. Polackerna i lergropen satt och drack kaffe ur pappersmuggar på kullen. Jag skulle behöva passera dem igen. Det skulle bli en äckligt jobbig exposé. Jag funderade ut en omväg.

"Just saying, DU håller i kameran när Daniel Abdollah penetrerar Lilly med en dildo tills hon skriker. Känns det fint? Är det din nya business? Vad hade du tänkt göra med filmen? Bara så du vet så kommer jag och Bita och rektorn att prata med Daniel Abdollah nu klockan åtta."

"Eh, okej?"

Jag kontrollerade statusen på Amors ljugmin och gick. Jag gick mitt i hans vackraste uppvisning av sitt monumentala morgonhår, hans hetaste sätt att ha en överkropp på, halvnaken i pojkrummet medan hans mamma bankar på dörren.

Jag vände mig om som i en film.

"Och förresten. Cancel the fucking hajk."

"The what?"

"Hajken. Hajken med min pappa." Jag tog av mig halsduken, virade den runt mig på nytt, virade in håret, virade in hela mig. Jag gick och svängde på rumpan något förfärligt medan polackerna i lergropen skrek och skrek och skrattade, som om det gällde livet, som om det gällde att krossa mig eller dö.

Jag slutar i den här skolan. Jag försvinner från den här byn. Jag säger upp mig från den här hålan. Jag gör definitivt slut med den här underbara idioten som är min kille men som ger mig könssjukdomar och filmar min bästa kompis när hon har sex. Jag köper en direktbiljett ut från det här landet. Jag kommer inte tillbaka mer. Jag ger rektorn på käften för allt lidande hon låter pågå och pågå medan hon dricker maskincappuccino inne på lärarrummet. Eller, inte lärarrummet förresten, pappa säger att hon aldrig går dit. Jag packar min väska och går. Jag barrikaderar mig på skoltoaletten, gör en aktion och skriver på en lapp utanför att HÄR SKA JAG SITTA OCH SKITA HELA DAGEN SOM EN ILLUSTRATION AV MITT LIV SOM FUCKING FLICKA I DEN HÄR VÄRLDEN!!!!!!!!!!! LYSSNA! SKITER JAG? GÅR DET FÖR MIG? ÄR JAG LEDSEN, GRÅTER JAG? SKÄR JAG MIG I ARMARNA? DET HÄR ÄR MIN LIVSKVADRAT! HÄR LEVER JAG MITT LIV! LUKTAR DET? LUKTAR DET MENS? BLOD? BAJS? PROVA ÖPPNA DÖRREN!

Så såg tankarna i mitt huvud ut.

Jag satt i det turkosa väntrummet utanför rektorn. Hade slängt upp de tunga skorna på soffan. De lerade av sig. Jag messade idén till Bita.

"Vi gör en toalettaktion. Snälla. Idag."

"Okej. Blir sen. Cyklar. Säg till rektorn att sen."

Klart hon var sen. Ändå. Jag började bli nervös. Daniel Abdollah kunde stappla in här när som helst. Och göra mig till den enda flickan i ett rum. Vad hinner man med för övergrepp på en kvart? Tvångshångel? Handen i fittan? En panisk skräck i kroppen för alltid? PTSD? SSRI? Inte ens vaktmästare Jerker skulle kunna hjälpa mig mot det.

I fönstret gick solen upp, det var inte en vintersol längre, jag såg att det var våren som kom. Bita, min krigargud, cyklade genom denna tillvaro, vårt skitliv, som snart kunde vara på väg uppåt som en sol i bröstet.

Det brakade i dörren. Daniel Abdollah gled in med sin röda jacka prydligt hängd på armen. Han luktade starkt och fräscht, var som vanligt nyrakad. Jag svalde en hög med inre outblandad samarin. En trave brustabletter som börjar brisera i magsaften.

"Tja Janne."

"Tja Danne."

Han satte sig bredvid mig. Gav mig en kram. "Mår du bättre nu? Det fixade sig hos polisen, men God, jag blev nojig när du stack." Kramen landade precis rätt. Det var något med våra kroppar som var så läskigt samstämt. Som om det var meningen att vi skulle tycka om varandra.

"Varför kallar hon hit oss?"

"Ingen jävla aning."

Jag ryckte på axlarna. Såg på klockan. Tio i åtta. Hur skulle världskartan te sig i hans ögon om säg sisådär tjugo, trettio minuter? När han skulle veta exakt vad han stod anklagad för? Jag levde ett dubbelliv! Precis som min pappa! Så jävla snäll och så failande ändå! Sviker människor som känner förtroende!

Daniel tryckte in en hörlur i mitt öra. Mjukt och varsamt.

"Lyssna på den här."

Han scrollade på en padda samtidigt.

"Jag brukar lyssna på alla covers av en och samma låt. Brukar du?"

Nu var vi kopplade till varandra i det jävla snöret. Jag skakade på huvudet, då följde sladden i hans öra med.

"Börja gör det."

Jag fick se en lista med bara covers av "Unchained Melody". Jag fick se en lista med bara covers på "Love Hurts".

Kärlekslåtar.

Han nickade och blundade, lutade sig tillbaka. Då fick jag luta mig tillbaka i soffan med. Det vibrerade i min ficka. Svar från alkis-Danne: "Det kan inte vara jag som smittat dig jag har inte smittan. Ta hand om dig hoppas d löser sig".

En klo i underlivet. Jag höll undan skärmen.

Rektorn kom just i U2:s mest stegrande urballning. Jag flög upp. Daniel Abdollahs öronsnäcka flög med.

"Aj!" skrek han till.

Det var som om jag skulle göra honnör.

"Så mysigt ni har. Vill ni inte tända lampan?"

Catharina Blomsteräng Swärdh dundrade in i en svart täckjacka och en lurvig pälsmössa på huvudet. Plaggen skevade. Jag fick lysrörsskador i ögonen när hon tände.

"Så mycket parfym här luktar."

Daniel Abdollah reste på sig och stängde av musiken för hennes skull. "Jag vet, Catharina. Det är jag. Jag kör ett pass på gymmet varje morgon. Så om du känner att nån är nyduschad, så är det jag."

Båda skrattade in i varandras ansikten. Nu var jag tredje pariserhjulet i en och samma stad. Jag ville lyssna på musiken igen, täppa igen något oroligt inombords, läka världen med estetik.

"Jag tar för givet att du inte är parfymallergisk, Catharina", sa Daniel och hängde upp rektorns täckjacka på en galge. Hon drog fram en stol som Daniel Abdollah satte sig på. De hade någon sorts gudomlig interaktion med varandra.

Jag hade glömt att jag var gud.

"Då tycker jag att vi kör igång", sa rektorn.

"Men Bita då?"

"Jo, vi började för fem minuter sen. Om Bita behagar vara sen står det för henne. Vi väntar inte med att dra igång lektioner, eller hur?"

"Men det här är ingen lektion."

"För någon eller några kanske det kommer att bli det", sa rektorn och undvek mig med blicken.

Jag var redan helt slut. Önskade att varje ögonblick i livet hade en utväg. En liten hörna dit man kunde gå och lyssna på en vacker melodi. En ballad med Dolly Parton. Något för att läka allt det såriga.

Skörheten.

Som tur var stapplade Bita in genom dörren just då.

"Jag är sen, förlåt, jag bugar och niger och bockar", sa hon och neg och bockade. "I vanliga fall har vi ju sovmorgon."

"Ta och sätt dig, tack", sa rektorn, och jag fattade inte hur en människa kan vara så sträng. Hela strängheten satt i ansiktet, näsan en kniv, munnen en osthyvel, ögonen kapsyler och pannan en hel skärbräda.

"Det vi har att säga varandra går egentligen fort."

Bita krängde mödosamt av sin jacka på stolen.

"Fan vad svettig", sa hon och luftade tröjan fram och tillbaka. "Åh, jag ser att du har ett *Rosa band* på jackan, Catharina."

Rektorn förbluffades.

"Då är du emot bröstcancer. Och risken minskar för din egen del om du börjar använda en helt ny typ av deodorant."

"Jaså?"

Morgonljuset glimmade till i persiennfönstret. Bita drog upp armen och vinklade armhålan mot rektorn så att hon kunde lukta.

"Känner du? Luktar det svett?"

Hakan smälte ihop med halsen när näsborrarna tvångssniffade in i Bitas svettgrop.

"Inte nämnvärt."

"Förakta inte hälsokostaffärer. Där hittar du Aloe Vera Stuff. Köp deodoranten. Det är värt risken att bli av med 89 spänn. Då slipper du bröstcancer. Trots dyrt."

Bita började fläta sitt hår.

Rektorn var förundrad. Förundrad, över något, över tiden som lekte i Bitas ansikte, hur ungdomen satt med henne i knät och listade ut upptåg efter upptåg åt henne, frihet efter frihet, längtan efter längtan, medan hon lät ungdomen bara göra det.

Varje ungdom gör något oersättligt för mänskligheten, rektorn såg bara inte ut att vilja erkänna det.

Daniel Abdollahs starka energi var som bortblåst.

"Låt oss återgå. Vad jag vill reda ut här, är en anklagelse kan man säga, från Bitas och Janes sida. Mot dig, Daniel Abdollah."

"Mot mig?"

"Vi har fått rapporter om att du ska ha slagit din flickvän Lilly Karlsson. Det är ett allvarligt brott och därför vill jag fråga dig: har du överhuvudtaget GJORT detta?"

Det var en ledande fråga. Daniel Abdollah hade fått en tickande bomb instucken i halsen. Men varför kan anklagade killar, eller skuldbelagda som Amor, ändå prata med ett sådant lugn?

"Jag vet inte vad du pratar om, Catharina." Daniel vände sig mot mig. Ögonen svarta. "Det här är falska anklagelser. Vad går ni på?"

"Vi går på din mobil, dumjävel", sa Bita. "Vad går du själv på? Steroider?" Hon fiskade upp den svarta mobilen ur jackfickan. "Här är beviset!"

"MOBILEN!" Daniel Abdollah reste sig upp och flaxade. "GE MIG!"

Rektorn undrade när hon skulle ingripa. Det utspelades en liten scen där jag försökte hålla Daniel Abdollah och Bita från att bråka, och hon sjönk djupare ner i sin identitet som innehållslös människa utan mod.

"Eftersom du tål att lukta på svett så tål du att se lite sex", sa Bita och böjde sig över rektorns skrivbord.

"Det är Amor som filmar! Det är Amor som filmar!" protesterade Daniel Abdollah.

Jag visste det. Vilken ynklig liten jävla plutt. Jag cirkulerade framför Bita som en mänsklig mur av systerskap.

"Menar du på hedersord att Amor Lindgren filmar det här?" frågade Bita.

"Jaaaa! Det var hans fucking idé! Amor den lilla skiten! Har sett nån jävla film med en snubbe som säger att man ska ragga som en nörd och filma sex med tjejer som en bitch!"

Daniel Abdollah såg osäker ut för kanske första gången i sitt liv.

"Det där låtsades jag inte höra", kved rektorn.

"Låtsas inte det då", sa jag.

"Du ska hålla käft, Janne", sa Daniel.

"Käft själv."

Bita höll upp filmen för rektorn just som Lilly började avgrundsjama som en drunknande kattunge. Catharina Blomsteräng Swärdh böjde sig ner i en hög av vita papper för att hålla för ögonen. Med sina snabbaste skräcködleskills beslagtog hon telefonen.

"Gå", viftade hon bort oss. "Gå."

Bita såg på mig. Sedan rusade hon ut till sin sovmorgon för att träna puls på Friskis & Svettis. Jag hade skrattat om jag inte varit så smetig i huvudet. Som om jag varit vaken i hundra år.

Vi stod ute i kylan igen, hur många år hade jag egentligen kvar tills jag blev tjugofem och min hjärna var färdigväxt, hur länge skulle jag behöva stå ute i vilsenheten och vara skör?

Aldrig mer bli kär, aldrig mer kämpa.

Jag sparkade i snön.

"Du är en skam för Tierp, Janne."

Daniel Abdollah hade tänt en cigarett. Han gick rastlöst omkring och trampade på stället.

"Du är en skam för ..." Jag kunde inte säga det. Sverige. Det går inte att säga vad som helst.

"Du är en skam för dig själv, Danne. Såna som du borde bara get sin shit together och börja producera godhet."

Daniel Abdollah kom millimeternära mig.

"Jag proddar pizzakartonger. Och du kan ta ditt jävla familjerådgivningsföretag och stoppa upp i rövhålet du har mellan dina skinkor." Han hotade med ciggen. "Är det det här du kallar familjerådgiving? Snoka i folks privatliv? Gräva upp skit som inte ens finns? Ljuga ihop en bra story till kvällspressen? Vad VILL du Janne? Vad VILL du?"

"Jag vet bara vad jag inte vill."

"Och det är?"

"Aldrig mer ligga med en kille som hatar tjejer, aldrig mer gå i den här sönderfailade skolan, aldrig mer bo i Tierp, jag vill inte kallas Janne, jag vill inte att du står här och hotar mig med cigaretter, jag vill inte att min kompis blir slagen eller filmad mer. Håll dig borta från henne. Har du fattat det."

Det brände i Daniel Abdollahs ögon. En läckande dunk bensin som bara häller och häller. Slängde någon en tändsticka skulle vi vara döda inom en minut.

Håll ut, Janne. Håll ut. Snart finns bara minnen kvar.

DET TRETTONDE KAPITLET I VÄRLDSHISTORIEN

Jag instagrammade mina skor. I vinkeln föll en strimma obevekligt onsdag-i-mars-ljus ner från det smutsiga fönstret och påminde mig om att världen var större än jag.

Det var inte kul längre.

För varje pulsökning i Bitas Friskis & Svettis-kropp skulle jag krympa ihop till en ångestboll som ligger och dör utan anhöriga i ett uppehållsrum. Något föll ut ur fickan när jag skrevade som värst med benen. Gojibär. Små röda hälsobär man köper på hälsokostaffärer mot ångest. Smakar som russin utblandat med träspån och målarfärg.

Yeah, en läskigt snygg bild på mina skor. Jag fick den svävande Instagram-känslan i halsen, den som är: FUCK ALLT! JAG ÄGER! och jag visste precis hur det skulle bli. Varför är det så, att allt som visar hur emo och kränkt man är som människa, inte gillas alls medan alla produkter man visar upp, typ ny hårfrilla, nya shoes, sneakers man designat själv, en outfit innan ut på klubben, blir älskat som om man tillhörde ett fucking hov? Jag håller verkligen med Linn Hoffman där. Jag vill alltid ta mig rätten att visa hur

mensig och hård jag är som människa. God is in my consti-
tution. God is everything. God is angry. God is pissed off.
God is this young-and-troubled-girl.

TUNG E DU, skrev Aminda i tvåan. Tack.

Bomb, skrev Alice.

Tre bomb-emojis på rak av en okänd.

Ett hjärta av Lilly. <3

Och så Amor: Wow, hur hårt är allt?

Och jag VISSTE att han en vacker dag skulle citera den
där dikten av Per Lagerkvist-PISS som vi haft på Individuellt
val!!! Jag svarade kommentaren: Hårdare än någon kropps-
del du har.

Tjugotre likes på fem minuter.

Då ringde pappa.

Jag svävade över skärmen ett tag innan jag svarade, lät
ordet "Pappa" dansa mot mig som en varm, gul stråle i
ansiktet.

"Var är du?" sa pappa.

"I skolan. Är inte du?"

Klockan var halv elva. Snart var det lunch och min
ensamhet om att vara i skolan på en sovmorgon skulle vara
ett bleknat minne blott.

"Du sov inte hemma inatt", sa pappa.

"Nej, jag gjorde ju inte det."

"Ränner du med Amor på kvällarna?"

"Pappa, jag 'ränner' inte."

Jag var tvungen att göra mänskliga citationstecken med
fingrarna för att sparka hans integritetsbrott ifrån mig.

Ringa mig i skolan! Var fanns min nåd från honom?

"Jag var hemma hos Bita helt enkelt."

Pappa suckade.

"Det är väl inte helt enkelt?"

"Det är väl hur jävla enkelt som helst! Hon är min vän. På riktigt. Jag behövde henne. Så jag sov hos henne."

"Jag ser inte enkelheten i det här, Janne."

"Snälla pappa, sluta prata med mig som om du var en bitter professor emeritus."

"Lek inte med mig, Janne."

"Leker JAG? Leker JAG? Du, jag är i skolan om du inte fattat det! Jag uträttar banbrytande, världsomstörtande saker varenda dag! Jag har haft möte med rektorn! Jag är ingen liten tjej som leker, säg inte det!"

Jag hade ställt mig upp. Mina skor var brinnande.

"Som vad? Vad uträttar du?" frågade pappa, som är Tierps värsta besserwisser om inte på Ålandsfärje- fotbolls- eller Boråsweekend-humör.

"SAKER!" skrek jag.

Jag insåg att Gun Hellman gick förbi med förlorad blick. De höll på att omringa mig.

Kevin Fält, Daniel Abdollah, Amor Lindgren, Calle Karlsson. Pappa. Snart skulle alla stå här och spotta på mig. Skratta åt henne som går i så vulgära aktivistskor och tror att hon är Gud. Pappa gav mig verkligen paranoia nu. Jag kanske hade fått ett trauma.

Han skrattade i luren.

"Janne, älskling. Du vet att du måste ringa mig i alla fall.

Vad än du hittar på med dina saker."

"Det är inga SAKER!", skrek jag och ville slänga något i väggen, något slags kärlek mellan mig och min pappa, något litet mjukt förtroende så att det gick sönder. Genom fönstret såg jag Amor vingla upp på skolgården alldeles vacker.

"Bara för att du behandlat mamma som en sak!"

Jag tryckte på "avsluta samtal" och darrade av skräck.

"Hej ers Tunglighet", Lilly kindpussade mig som om vi var i Paris. "Hörde av Bita att vi skulle göra en toalettaktion."

Jag torkade svetten från pannan, det kändes som vanligt som om jag legat i frontlinjen i ett världskrig. Fast jag bara legat i ett uppehållsrum med Instagram.

Lilly hade sin leopardmönstrade tröja och hårda sidofläta. Jag kramade henne, trots kindpussarna. Jag ville vara nära någon.

"Varför bor vi i Tierp?" frågade jag rakt in i kramen.

"För att vi har föräldrar som vill förstöra våra liv."

Vi stod och kramades en stund. Jag fick för mig att Lilly skulle bli skådespelerskan av oss när vi blev stora. Bita får Nobel Peace Prize. Och jag. På sin höjd Arbetarbladets nya kolumnist. Tills jag inte är ny längre och får gå över till att skriva ingresser och sätta rubriker.

Kanske bo i Gävle, en lagom trygg stad.

Svennebananlivet sitter alldeles för inristat i mig. Jag skulle få svårt att tvätta bort vitheten. Tvätta bort radhuslängtan. Tvätta bort smygkristenheten. Tvätta bort misstänksamheten mot allt jag inte förstår. Främmandefientligheten.

Mörkret och tystnaden.

"Baby", sa Lilly in i den oändliga trygghetsnarkomanskramen. "Det är en grej jag måste påminna om. Pengarna."

Vi lösgjorde oss. Lilly såg ner på mina skor.

"Vadå?"

"Du är skyldig min pappa pengar."

Jag skulle sagt till henne att det var en sjukt jävla fel tidpunkt att säga den här saken. Nu, när jag just legat döende i ett uppehållsrum. Nu, när jag praktiskt taget inte längre ägde några föräldrar. Nu, när jag ännu en gång i världshistorien inte vunnit ett krig.

Om det bara inte varit för Lillys stora, läppglansblossande mun som påminde mig om att det fanns pappor som var snälla och hade pengar. På riktigt.

Alltså, min pappa har väl pengar också, men mest till skridskor, finlandsfärjebiljetter, fritt streamad fotboll på Viaplay, Åbroöl, vår fina inglasade balkong, *Dum och dummare* på bio, mat och semester på Åland.

Bilen ja. Volvo V70.

Inte pengar till FRIHETSSAKER.

Som Doctor Martens and stuff.

Lilly stod där med sitt självklara oskyldighetsansikte och gjorde mig ledsen. Ända in i märgen. Jag hade kunnat bli utprovare av en ny medicinering mot svårmod. Försökskanin på laboratoriet inne i Uppsala.

Lilly böjde sig fram mot mig.

"Hur är det Janne? Hur är det på riktigt?"

"Det enda hållbara är handlingar", sa jag och fräste

175

tillbaka allt det som hade kunnat bli en skur av tårar och snor i näsan om jag inte tänkt hålla mig nykter för känslor.

"Så vad gör vi?"

"Kom."

Jag började gå mot rummet där vaktmästare Jerker förvarar sina bläckpatroner, vita kontorspapper i olika storlekar och material, plus feta svarta markeringspennor. Med lite tur kunde han ha lämnat den öppen.

Vi smög in.

Det var trångt. Lilly luktade av andra människors parfymer. Mitt liv: att alltid vara insvept i doften av andras parfym. En gång fick jag verkligen en riktig parfym av pappa. Den hette "Pure". Parfymen Amor gav mig på skolavslutningen i nian hette "Sexy Amber".

Mellan dessa två poler står jag.

"Det enda hållbara är handlingar", upprepade Lilly.

Vi letade fram den största pappskivan vi kunde hitta i Jerkers oordning, jag greppade pennan och skrev "LIVSRUM" med feta svarta bokstäver över hela skylten. Lilly hjälpte till genom att rita dit små kryllande feministmärken med en bläckpenna överallt.

"Nu låser jag in mig på toa", sa jag.

Vi tog toaletterna närmast matsalen. Våra steg var så sjukt tunga i korridoren, precis som ett tjejgäng i en Oscarsvinnande film. Vänta bara tills Bita skulle ansluta sig.

Jag hade blivit så hård på sista tiden, så hård och kärv och krävande.

Folk hade börjat samla sig i korridoren utanför. En

ringlande organism som inte kan stå still till följd av naturens hårda tonårsslagar. Ett eget folk, med ögon som ser alla mellanrum i existensen, det som inte pensionsåldersmänniskorna förmår att se. Lustfyllda varelser med kön som magneter dragna till varandra.

Jag kände för att knäcka Amor i filosofi.

"Och vad fan håller ni på med?" hörde jag Calle säga när Lilly klistrade den stora kartongskylten över toalettdörren med silvertejpen. Jag satt redan på toaletten med hjärtat bankande. Dörren var låst, jag ryckte en extra gång i handtaget. Började med att kissa.

Bita hade kommit. Jag hörde hennes röst. "Det kan inte stå livsrum", sa hon.

"Varför då?"

"LEBENSRAUM. Vet ni inte att Adolf Hitler använde ordet LEBENSRAUM för att sprida nazistpropaganda om hur bra alla tyskar skulle få det efter judeutrotningen? De skulle få LEBENSRAUM. Livsrum."

Jag kände mig plötsligt rätt så äcklig inne på toaletten. Som om jag torkat mig med LEBENSRAUM i rumpan.

"Plus, folk fattar inte ett skit."

Jag reste mig från toalettstolen.

"Ska jag gå ut härifrån då?" frågade jag genom dörren.

"Hej älskling", sa Bita. "Nej, men vi kan väl hitta på nåt annat bara, en ny skylt."

"Finns nere hos Jerker", sa jag.

"Jag visar henne", sa Lilly.

177

"Skolkar ni från livskunskapen sen?" frågade Bita.

"Som fan att vi gör", sa jag.

En hög med piss rakt upp i halsen. En stigande allergisk chock. Det är något med luften inne på en skoltoalett som får dig att förstå exakt hur mycket du är värd. Fyrtioåtta som gillar. Instagram är ändå bara en kompensatorisk akt för att få dig att glömma hur extremt ägd av skolans toaletter du är. Men nu satt jag åtminstone härinne för en god sak.

"Det är sant, hon sitter där för att visa hur mycket sväng-rum hon har i livet."

Det var Bita som pratade med Linn.

"Svängrum? Hur menar du exakt?"

"SVÄNGRUM." Bita förtydligade med hela munnen. "Vad är det du inte förstår?"

Jag såg framför mig hur Lilly tejpade upp skylten medan Bita skötte snacket.

"Hon har ju hela Tierp att svänga runt sin stora rumpa på."

"Det är inte sant. Tjejer blir centimeter för centimeter beskurna på sitt livsrum."

"LEBENSRAUM", sa jag inifrån toaletten.

"Jag menar, livsutrymme", sa Bita.

"Jag fattar inte vad ni snackar om." Linn Hoffman började läsa högt från vår nya skylt.

"DITT LIV SOM FUCKING FLICKA I DEN HÄR VÄRLDEN. SÅ HÄR MYCKET LIVSYTA HAR JANNE ATT RÖRA SIG PÅ. FÅ EN TANKESTÄLLARE GENOM

ATT STICKA IN EN KRONA UNDER DÖRREN OCH SÄG 'KROSSA PATRIARKATET'. VID HUNDRA KRONOR SLÄPPS HON UT."

Jag älskade att Linn Hoffman tog in informationen just nu. Det pirrade i magen. Något rasslade till och vad gled in under dörren om inte en stor, blank femkrona.

Varm av Linn Hoffmans hand.

"Eh, fuck patterkatet", sa hon.

På något sätt blev jag lite kåt. Ibland kan det vara svårt att skilja på upprymdhet, patriarkatkrossning och ren och skär lust. Kroppslig lust. Jag satt ändå på toaletten. Jag återkom till ursprungskänslorna jag hade när jag föreställde mig aktionen: typ, HÄR SKA JAG SITTA OCH SKITA HELA DAGEN SOM EN ILLUSTRATION AV MITT LIV SOM FUCKING FLICKA I DEN HÄR VÄRLDEN!!!!!!!!!!!! LYSSNA! SKITER JAG? GÅR DET FÖR MIG? ÄR JAG LEDSEN, GRÅTER JAG? SKÄR JAG MIG I ARMARNA? DET HÄR ÄR MIN LIVSKVADRAT! HÄR LEVER JAG MITT LIV! LUKTAR DET? LUKTAR DET MENS? BLOD? BAJS? PROVA ÖPPNA DÖRREN!

Mmm. Går det för mig? Jag öppnade gylfen. Särade lite på min stora, dumma rumpa på toalettstolen. Grävde ner handen under trosorna. De svarta med vita ränder på. Ett av mina snyggaste par.

Åh. Jag kände min egen klitta mot fingret. Den behövde bli lite blöt. Jag spottade på fingret. Skulle bara känna lite. En viss sorts ångest kan bara fördrivas med kroppsliga sensationer.

Och JAG uppfann inte tonårstiden. Varje mänsklig varelse måste ledsagas genom denna hotfulla labyrint av motsägelsefulla känslor och tankar inramade av livsfarlig kapitalism. En fet jävla omöjlighet.

Jag kom att tänka på sången de ska sjunga för mig när jag är ute ur skolan, om jag lyckas norpa åt mig slutbetygen: *"Sjung om studentens lyckliga dag, låtom oss fröjdas i ungdomens vår! ... OCH den ljusnande framtid är vår!!!"*

Och jag skulle sitta på ett lastbilsflak med årsringar av sorg ända ner på kinderna. Mitt i den stigande pisslukten av boskap.

I en vit klänning.

Det var verkligen inte mitt eget fel.

För varje krona som rasslade in genom dörrspringan blev jag kåtare. Om de bara kunde FATTA vad jag höll på med härinne. Power pussy!

Jag drog på kranen så att vattnet forsade.

"JANNE! JANNE!"

Någon bultade på dörren.

"Vi går på lektion!"

Jag slet upp handen från trosorna.

"Vadå, drar ni bara eller?" sa jag groggy.

"Vi har lektion."

"Men vadå, det har väl jag med?"

"Inte så länge du sitter fast i livsutrymmet."

Orka vara feminist!

"Men, jag måste väl inte sitta fast härinne?" Jag pressade munnen mot dörren, kände min andedräkt fastna i klottret.

"Om du vill ändra världen måste du det."

Jag räknade kronorna på golvet. Sju spänn. Korridoren blev tyst, stegen försvann bort. Jag bestämde mig för att komma. Hålla på tills jag verkligen kom. Det var inte skönt längre, ändå fortsatte jag, ändå tänkte jag inte sluta förrän det kändes som om mitt långfinger och klittan blivit ett.

"Fittan är typ som en svamp", sms:ade jag Bita.

"Vad syftar du på?"

"Har du tänkt på det? Svampar, först är dom helt torra. Sen värmer man upp dom, då får dom en annan konsistens. De typ växer. Blir helt slemmiga."

"Snälla, jag har lektion."

"Vad lär du dig?"

"New York har 389 100 miljonärer."

"Surprise."

"24,1 procent lever i fattigdom där."

"Shiiit."

"4,1 procent lever i EXTREM fattigdom."

"Vad gör vi åt det?"

"Det måste finnas ett alternativ till marknaden. Folk bor i underjorden."

"Och jag bor på en skoltoalett."

"Lägg av", skrev Bita. "Hur mkt har du fått?"

"Tjugo spänn typ. Tror Gun Hellman sköt in en tia."

"Gött."

"Kan du eller Lilly komma hit med femtio spänn så jag slipper sitta hela dan?"

Paus. Inget svar. Jag tyckte mig höra konturerna av Kevin Fälts ekon genom korridorerna.

Bita skrev:

"I wouldn't know om svampar för jag känner inte så ofta på min egen fitta. Pallar inte sånt. Besides: Bengt stryper mig snart. Har inte råd att riskera min mobil för dig, Janne. Hur lovely du än är."

Det var då jag kände den.

Vårtan.

En liten kula bara, en knöl, där långfingret stannar upp och måste känna en gång till. Jag satte huvudet mellan knäna. Tryckte till, tryckte hårt. Att onanera utan att veta om sin olyckliga diagnos är som att ha suttit i ett rum med hörlurar utan att uppfatta att det i resten av världen har hänt en jävligt viktig grej.

Janne har fått vårtor!

Gå inte in på toan, Janne har en könssjukdom!

Krigarsjäl.

Jag tryckte på den en gång till. En smärta som om någon hällde brännvin över hela blygden. Jag var andfådd och tung. Min kropp kände för att bli hämtad i taxi av någon med silkesvantar. Det här fick räcka, nu skulle jag behöva konfrontera Amor med ytterligare en grej, och det var liksom inte läge.

Ett visst mått av förtryck måste bara sväljas av kroppen, blundas och sköljas ner som en kopp vita tabletter med en kanna vatten.

Your blood just gotta swallow that shit.

Och min lilla kropp var inte ens vaccinerad än. Vaccinerad, som alla girls blir för att deras föräldrar är upplysta och engagerade, mot detta dödliga virus som kommer från folks kukar. HPV. Humant papillomvirus. Jag hade sett broschyrerna inne hos Tanja. Papillom, det låter som en fransk hundras, det låter som en festlig örtkrydda, det låter som allt utom det min hand och fitta kände nu.

En stank rann igenom mig, en känsla av en förbidrivande traktor med ett lass kobajs som ska spridas ut över fälten, a.k.a. organen i min kropp. Någon hade pissat på mig, rakt in i min fitta, och lämnat en souvenir.

PAPPA, började displayen blinka som en vilde. PAPPA, blinkade displayen igen. Jag tryckte av. Jag tryckte av. Jag tryckte av, med mitt svampiga finger. Vad hade jag gjort? Onanerat bort känslorna på en offentlig skoltoalett för att liva upp en livsnedbrytande feministaktion, jag hade trott att jag varit sann i kampen, men i själva verket hade jag bara börjat må jävligt dåligt. Jag hade, som alla gudar, fått ett trauma.

Pappa, pappa, varför har du inte vaccinerat mig?

Jag grät i armvecket. Jag tänkte på Bita, på fina, fantastiska Bita, som respekterade sig själv så pass mycket att hon ägde skiten ut varje lektion, aldrig pullade sig själv och dessutom valde ut vilka killar hon ville ligga med som om hon var prinsen i *The Bachelor*.

Jag kände mig som en låtlista i offline-läge.

Som en hundra år gammal person på en morfinspruta.

Mina höfter knakade när jag tog mig upp. Benen darrade.

Jag lät vattnet forsa över händerna, ända upp på armarna, gned in tvål tre gånger. Torkpappret var slut. Min hundra år gamla spegelbild signalerade: Janne Lerngren. Nu finns det bara ett val kvar. LEBENSRAUM eller inte. Du måste in i getingboet.

DET FJORTONDE KAPITLET I VÄRLDSHISTORIEN

Det stod en svart bil på gatan, det kunde vara en kund till den kinesiska restaurangen, det kunde vara en underhuggare till Daniel Abdollah också. Vädret var en läckande påse sopor som bildat en pöl i botten av en hink. Grått på himlen, ingen fågel någonstans, bara ett vått surr från bilar och smuts. Jag backade för att se om han var inne. Kastade ett gruskorn på fönstret. Bam. Fönstret var släckt. Jag smög upp i trappuppgången. En stark lukt av tonfisk och allmänt uppvärmda matrester i en mikro. Jag tänkte på något Bita, Lilly och jag hade skrivit upp på ett gudmöte: *Vägra vara mannens medbrottsling!* Det kom från Simone de Beauvoir, vi hade alla enats om att boken var sjukt svår och konstig, att den typ handlade om piss, att det hade fått oss att må illa.

Varför ska jag lära mig om hur jag kissade när jag var liten, för att veta vilka friheter som står på spel i mitt liv?

Wierd that bitch.

Jag kikade in genom nyckelhålet. Ingen lampa tänd. Nu var det min tur att stå utanför Daniel Abdollahs dörr och be om nåd. Hade jag tänkt igenom saken? Det var blandningen av nypullad, groggy, HPV-traumatiserad och ensam aktivist som skapat en livsfarlig cocktail i min hjärna. Men jag måste se honom störtad, ansiktet släckt, energierna bort-kollrade, hårdheten under attack.

"Är det någon?" frågade en dov röst. Det var mörkt i nyckelhålet. Så tändes en lampa inifrån.

"Ja, det är någon", sa jag.

"Vem?" kom det snabbt.

Det var inte Daniel Abdollahs röst.

"Jag. Lillys bästis." Jag darrade på läppen. "Janne."

"Johanna?"

"JANNE", tryckte jag upp från magen. Det räckte för att få någon att smälla upp dörren. Daniel Abdollah stod bakom killen i hallen. I jämförelse såg han så liten ut, som en plutt. En cykel med boxerstyre stod lutad mot väggen bakom.

Jag såg upp på maffiakillen. Oh My God. Det var han. Grodan. Våldtäktsmannen på cykeln. En mörk chockvåg av paranoia drog förbi i mig. Cyklopet hade han bytt ut mot vanliga glasögon, men det var han. Allting var alltså en del av en större plan, och det här kunde betyda slutet. Feminist gang bang, en timmes centrifugering mellan manskroppar.

Det var sjukt keff stämning i hallen.

"Jag pratar inte med dig, om du tror det", sa Daniel Abdollah. Den långe maffiakillen steppade åt sidan.

"Han går DO on your ass. Tro mig", väste maffiakillen.

"DO?"

Jag kom inte ihåg vad det betydde.

"Diskrimineringsombudsmannen."

Det rös till i mig.

"Och dig ska jag grilla hos polisen", sa Daniel. "Fucking tjuv."

"Kom igen", sa jag och försökte vädja med en medlande gest. Som värsta ambassadören som reser runt och knackar dörr.

"Jag skojar inte, Janne. Dom haffar dig. Du kommer ihåg hon som frågade dig om sambakarnevalen?"

Jag nickade svagt.

"Hon. Precis hon. Jag gör så hon tar dig."

En känsla av nedbrutet samhällsbygge tumlade runt i mig. Allt var som förbytt. Jag, en decent dotter av Tierp, skulle kunna tillbringa resten av min tonårstid inne i en trång cell på Torggatan.

"All cops are bastards", mumlade jag.

Maffiakillen hasade ut i köket och öppnade kylen.

"All Swedes are bastards", rättade Daniel Abdollah mig. Han reste lite på överkroppen. Över bröstmusklerna spände en vit t-shirt. På benen mjuka, mörkgrå adidas-byxor. "All Swedes are hippocrates", fortsatte han när han märkte att jag lyssnade.

"Hippo?" sa jag.

Jag visste att det betydde flodhäst.

"HYCKLARE, Janne. Det betyder hycklare." Han började räkna med fingrarna. "Sen jag började hänga med er alltså ... Lilly. Amor. Du ..." Han gjorde ett hånskratt, för att visa hur jävla menlös jag var.

Som om jag inte redan visste.

"Ni vill ju nita mig. Är ni en liga? Ett team?"

Jag skakade sorgset på huvudet.

"Amor." Daniel Abdollah drog mig i armen, förde in mig i lägenheten. Stängde dörren bakom oss. Han skrattade. "Amor. Den killen. Han läser så jävla mycket böcker." Vi satte oss mitt emot varandra i lädersofforna. Jag såg framför mig Lilly i rummet: vild, och vacker, och flämtande. Den kvinnliga motpolen till Daniels energi. Snygg som ett as och därför dangerous, särskilt i Tierp, detta Sverige i miniatyr, livsfarlig för diverse uttolkare av jantelagen.

Han skrattade fram en känsla av samförstånd mellan oss.

"Du vet?"

"Ja!" Jag nickade med hela överkroppen. Daniel reste sig. Jag trodde att jag precis hade fått till en stabil känsla. Men Daniel Abdollah sa fientligt att jag inte skulle tro att Amor bara läser böcker. Han ställde sig så nära mig att låren trycktes mot mina knän.

"Vad ska jag tro då?" frågade jag och tänkte på vårtan mellan mina ben. Som om den syntes hela vägen ut när han kom så nära.

"Julien Blanc, fattar du inte att Amor Lindgren gillar Julien Blanc? Du tror att han gillar svennebananer som du och vaniljsex och hela skiten. Han gillar hårt." Daniel gick bort från mig, satte sig i lädersoffan mitt emot. "Han vill bli fett hård den killen. Kompenserar sin bögness."

"Jag käkar pizzan nu", ropade maffiakillen från köket. En tung, söt lukt av deg och ost som smälter.

"Vem är Julien Blanc?"

"Julien Blanc. Favoriten. Amor Lindgren har gått en nätkurs. Den har lärt honom att man ska ta tjejer som en bitch."

"Vad menar du som en bitch, snälla prata vanligt."

"Jag menar ta dom dåligt. Riktigt dåligt. Kolla. Julien Blanc är raggningsproffs. Han portas från PK-Sverige, fattar du. Typ ta strypgrepp på bruden, typ hota, typ filma. Amor lär sig. Han läser inte bara böcker." Hånskrattet kom igen. Jag vek mig dubbel över magen, som ett papper med räfflor på, en flik att riva av, snart skulle jag ligga på golvet i två Jannehalvor. Det kändes som om jag skulle behöva fylla hundra år innan jag vågade ställa mig upp inför den här versionen av Daniel Abdollah igen.

"Och du då?" sa jag, för jag tänkte på: *Vägra vara mannens medbrottsling!*

"Vad menar du?"

"Varför skyller du på Amor? Liksom, okej, jag ska hänga Amor i pungen, jag ska, men varför låtsas du som att du inte har gjort något själv? Du har ju misshandlat Lilly."

Daniel Abdollah nollställdes.

"Du HAR."

Maffiakillen kom in med pizza i munnen och en slize hängande i handen.

"Allt okej här?" sa han misstänksamt.

Daniel Abdollah viftade bort honom som ett proffs. Jag kände mig som i en film med Al Pacino. Som den som får träffa knarkbossen i den failade teveserien *Breaking Bad*.

Sedan började han faktiskt berätta.

"Lilly ... jag älskade henne. Hon älskade mig. Vad rår jag för att det är komplicerat. Vad rår jag för att hon älskade att vara min lilla bitch."

Daniel Abdollah hade fått en sötbugg på rösten, som om det här var en audition till en Broadway-musikal och jag satt i juryn.

Min mage kurrade. Det lät som varje gång den gamle, vise orangutangen är i bild i *Apornas planet*: KTPRR-KTPRR-KTPRR.

Jag knäppte händerna över knät.

"Träna på din familjerådgivning nu, Janne. Träna hårt."

"Berätta", sa jag.

Han böjde sig framåt mot mig.

"Det spelar ingen roll vad ni kommer göra. Ni kan ringa polisen. Ni kan visa mobilen med filmen. Ni kan få oss häktade båda två, mig och Amor Lindgren. Ni kan fortsätta med er feminazi-kampanj gymnasiet ut. Men vet du vad?"

"Nej."

"Jag har sett brudar som Lilly förut."

Jag försökte göra en kritisk min.

"Den typen. Du ska prata med henne nån gång om att vara offer. Vi har till och med skrivit kontrakt." Daniel Abdollah reste sig, spände överkroppen för att gå igenom ett rum och hämta ett papper ur en pärm. Som en liten catwalk av power and fame, bara för mig. Utvaldheten brände i min kropp. Att vara så vild och fri, som Lilly. Att våga något.

Jag avbröt:

"Men jag har sett resterna av Lillys och ditt våld på

hennes kropp. Jag har tagit hand om en gråtande ynklig brud efter att du bara knullat och gått."

Daniel Abdollah log och svingade fram pappret.

Typ hundra punkter av övervåld.

Det finns sekunder, och så finns det sekunder när en gud läser ett våldskontrakt och Härskaren framför henne vet exakt vad som står i det. Jag svalde, svalde hårt. Jag ville inte tro på det där.

"Du ser ju. Lilly har gått med på allting."

Han vände på pappret. En kolsvart bläckpenna hade nitat ut Lilly Karlssons signatur. En kråka för allt det som inte är möjligt för en Janne att förstå. Jag blundade. Det kunde inte vara samma Lilly, min fullblodsfeminist. Som gjort Hundbladet. Hur komplicerat får gudars liv ens vara? Bara för att de inte har det lika lätt som Håkan Hellström en solig dag i maj? JÄVLA KAMP SOM FAN ALDRIG FÅR VARA ENS EGEN KAMP!

Det spände inom mig som efter mensvärk. En evighetsloop. Hur många gånger man än släpper ut blodet kommer det tillbaka. En panisk skräck i livmodern för alltid. Hur mycket man än vill befria sig från manlighetens bojor – *vägra vara mannens medbrottsling!* – så halkar man rätt in i finkan igen. I den lilla toalettkvadraten, som jag just sprängt mig ur. Jag hade inte märkt att lite snor hade börjat dra sig ner från näsan och över läppen.

"Du har något där."

Daniel gav mig en pappersbit från fickan.

Jag drog bort snoret med tröjärmen. Det enda förmildrande

med reglerna var detta: Att en punkt löd "Jag avgudar min Härskares kuk, ollonet och dess skaft samt pung".

Lol.

Och att jag äntligen kände mig befriad från den gnagande skulden jag haft till Daniel Abdollah.

Det där med HYCKLARE. Med att jag var vegetarian med Bita ibland, att jag var Jane med rektorn, att jag var bror och syster med Daniel Abdollah, att jag var filosofisk med Amor, att jag var alkad slampa med alkis-Danne.

Han hade rätt. Jag hade gått igenom mitt liv som en svensk flodhäst. Djungelns farligaste djur, men med den beskedligaste looken. Det var dags för mig att ta ställning. Nå ut i mitt grymmaste mode.

Och nu väntade mina Doctor Martens i hallen. "Tack för kukinformationen", sa jag med hjärtat bankande och kastade mig på dörren med skorna i handen. Sprang i kalla strumpor genom trapphuset och ut i friheten.

Att andas luften var som att bita i en kall skumgummimadrass några ungar kissat lite för många gånger i. Bitas tambur var varm som en bastu. Jag sparkade av mig skorna, det kändes som om jag var fem år och hade allvädersstövlar.

Undrar just vad mamma gjorde nu.

Allt utom harkla bort all gråt jag hade i bröstet.

Jag passerade köket, där satt Mahmoud. Han läste en tidning.

"Hej, är du hemma?" frågade jag ynkligt.

"Hej kompis. Faktiskt. Bita har tränat. Hon är i sitt rum."

Av någon anledning stod jag kvar. Mahmoud log varmt. På armen hade han en bred armbandsklocka i silver. Han slog ner blicken på den.

"Faktiskt, jag är färdig med mina klienter idag." Han slog ihop tidningen. "Det gäller att vila ut! Hjärnan klarar inte allt. Alla relationer ... Människor har ångest. Mycket ångest."

Han uttalade ångest med ett ljudande G. Det kändes som att det var precis så det skulle uttalas.

Jag nickade.

"Så hur mår Janne idag?"

Jag hörde en duns från övervåningen. Bita skulle kanske inte gilla att jag stod här och pratade loss med hennes baba. Jag saknade bara spärrar. Det fanns ingen normalitet kvar i mig. Jag var ett totalt toalett-getingbo-instagram-hata-pappa-Daniel-Härskare-fuck-it-yolo-mish-mash. Jag var ett foto som mamma bar runt i fickan någonstans. Som om jag inte riktigt fanns för henne, i verkligheten.

Bara i teorin.

Jag höll tillbaka ett kilo briserande sorg. En kvarglömd prickig korv-macka som någon injicerat i mitt blod.

"Jag mår ... Jag mår ..."

Tiden stod stilla. Bitas pappa blickade ut från ett stort, vitt skägg som skymde kinderna, hakan och munnen. Jag tänkte: vad fint det vore att ha ansiktet gömt just så. En total betäckning av ansiktsdragen. Chansen att kunna artikulera vad som helst, allt är ändå höljt i skugga.

"Jag mår ... bra."

Det är aldrig en fråga som ska besvaras. Det står nog i en svensk lagbok någonstans. Ingen vill höra dig falla, ingen vill höra klapprandet av inre glasbitar som faller till marken. Svälj dem. Ta livet av dig. Men besvara aldrig frågan. Jag frös. Ville att ett stort, varmt regn skulle komma och skölja över oss. Befria asfalten från snön. Men regn skulle inte komma på evigheter.

"Det är lite svårt för mig att inte ha några pengar", huttrade jag.

Mahmoud nickade hyggligt.

"Faktiskt, pengar är problem om man inte har dom."

Han pekade upp mot övervåningen.

"Fick inga pengar från aktionen? Faktiskt, Bita sa att ni blivit rika."

Jag kände mig förtappad. En tom spargris. Pizzaost som smälter i ugnen, utan att ha varit riktig ost från början. En syntetisk fettmolekyl.

"Det kom väl inte så mycket."

"Bita kanske har en idé?"

"Bita har alltid idéer", log jag och tog trappan i tre kliv.

Hon låg på mage på golvet och gjorde stretchövningar.

"Jag går inte tillbaka till skolan idag", sa Bita med hakan hoptryckt mot halsen. "Tror jag har blivit sjuk."

"Jag med", sa jag och satte mig bredvid henne på golvet. Strök handen över hennes uppstickande neonrumpa. "Amor gav mig kondylom."

Hon flög upp.

"Du skojar."

"Nej."

"Anmälningsplikt! Är det inte sån där … smittskyddsplikt? Du måste informera dina buksystrar. Berätta för Linn!"

Jag ryckte på axlarna.

"Janne, säg inte att du är nästa offer vi måste heala like an Oprah Winfrey-show. Kom, ge mig ditt värsta Oprah-ugly-cry."

Jag slöts in i hennes famn. Hårt, som om vi var elva år och åhörare av världens häftigaste tryckarlåt.

"Kan det inte bara börja regna", sa jag med gråten i halsen och kinden mot hennes svettiga lår. "Och april komma. Kan det inte bara bli vår. Kan vi få supa sönder våra dödsdömda skallar på sista april nån jävla gång. Kan vi få bränna upp den här fittvårtan. I en majbrasa."

"Det kanske vi kan", sa Bita trösterikt. "Det är en allmänt beprövad medicinsk metod. Man fixar bort vårtor med eld."

Mahmoud bankade på dörren.

"Går det bra för er?"

"Ja, Janne är lite ledsen bara", hojtade Bita.

"Får jag hjälpa?"

Vi såg på varandra. Huvudet kändes tjockt som en flod-hästs. Hjärnloberna tumlade runt där inuti.

"Ja, det får du", sa jag.

Mahmoud öppnade dörren, gled in som den äkta helande proffspsykolog från kommunen han är.

"Faktiskt, vi har kampanj för unga tjejer på mottagningen. Men, ingen fara. Jag kan hjälpa. Säg till om ni behöver hjälp med vad som helst."

Mahmoud, så stor och stark och hederlig.

När Fariba kom hem låg jag och skakade av gråt på Bitas sängöverkast. Mahmoud satt på ena kortsidan och strök mig över håret, strök flera gånger tills det kändes som om någon hade kammat mig. Bita smög runt och låtsades plocka med saker i sitt rum. Min mun och näsa hade blött ner hennes kudde med ett världshav. Som om jag gång på gång hade försökt korsa ett övergångsställe och blivit påkörd av samma bil. Som om kroppen inte hade muskler, men ändå måste resa sig och slåss.

Han strök mig över ryggen så att jag skulle sluta skaka.

"Faktiskt hon har ångest", sa Mahmoud till Fariba som uppenbarat sig i dörren.

Bita sa:

"Det är inte så himla lätt att vara en gud."

DET FEMTONDE KAPITLET I VÄRLDSHISTORIEN

Det var another sketen måndag. En sådan då vi har idrott till halv fem. Det var skymning ute. Klassen satt hopmasad på tjockmattan på golvet, den som har en blå sida, och en röd.

"Kan vi inte bara vända sida, då."

Mona stod vid kortsidan, redo att börja operera. Men tjockmattan var fullt belägrad av tjugofem skälvande rumpor i löpartights, vanliga kläder och allmänna adidas-shorts med ränder.

"Lyft då, Mona. Lyft!" skränade Calle.

"Det är för tungt."

Mona stod med benen särade i en gymnastisk position. Som om sex inte var uppfunnet för henne än, hela kroppen fredad.

"Varför måste vi vända på den?" frågade Tove.

Vår gympalärare Ludvig hade ännu inte kommit.

"För att nån har målat en stor fet ..."

Det skapades en tyst förväntan på fortsättningen.

"Vadå?" sa jag.

"Säg det, Mona", sa Kevin. "Säg det!"

Jag visste redan vad det var. En stor, fet kuk målad med permanent graffitipenna på tjockmattan. Omöjlig att sudda bort. Plus orden "kukparty" och "kuk". Ändå ville jag plåga Mona.

Hon hade fått små rosor under ögonen. Jag kunde inte låta bli att tycka att hennes mildhet var så fin. Mona bor på Bävervägen som Amor, och hennes familj är ett under av normal perfektion. En bil som alltid glänser. Kellogg's Frosties till frukost utan minsta övervikt hos de inblandade. En storasyster och en lillebror. Streetdance och innebandy. Mamman ögonsjuksköterska och pappan på kontor.

Mona åmade sig i sin rosa dräkt från Puma. Hon hade fått hjälp av Embla, de skulle försöka lyfta mattan ihop.

"Ett, två, tre!"

Kevin och Calle låtsades ramla av och hamnade på golvet, imiterade högljudd smärta i kuken, deras heliga överkänsliga organ, de sprattlade med de håriga benen. "Aj, faaan ..."

"Men sluta då", Mona tog i från djupet av sin normala perfektion. Rösten svajade. "Ni sitter på en snopp!"

Då rusade Lilly in i gympasalens svett- och skelett-luktande os av tonårskroppar. Om du någonsin har sett en människa springa i slow motion i en dålig b-film från åttiotalet, så vet du precis hur Lilly kom. Hon svävade över gympasalsgolvet, vackrare än någonsin, håret guppade.

Jag var så stolt över att hon skulle till mig.

Det luktade parfym när vi kramade varandra.

"Hej darling", sa hon i mitt öra. "Hundbladet har kommit nu."

Jag visste att klassen satt på mattan och var vår publik. De såg min rumpa. Jag putade med den. Lilly drog ut bomberjackan och visade fodret, som en kriminell när hen visar vad hen gömmer där. I fickan.

En tidning. En spritt språngande jävla monster-fucking-tidning. Vår tidning om sanningen. Vår version av Daniel Abdollah.

Jag ville gråta åt att Lilly hade kommit så långt i sin bearbetning, att hon stod här med resultatet av vår aktivism i handen, i full färd med att nå ut, som en riktig fullblods-feminist.

Vi två, gudar. Och sexton år.

Hon log så jävla stort. "Om du vill får du komma hem till mig. Du kan skippa gympan." Lilly blickade ut mot folkhavet på mattan som satt på en snopp och åskådade världshistorien när den vänder blad.

"Du behöver inte lyfta ett jävla finger ikväll."

Vi gick armkrok genom gympasalen. Trots Lillys skönhet och min rumpa var det ingen som skrek någonting. Mona och Embla fick vända mattan, dunsen for genom hallen och fick igång det vanliga sorlet igen.

I trapporna mötte vi Ludvig, med andan i halsen och vissel-pipan mellan läpparna. Han spottade ut den när vi kom.

"Tjena Ludde", sa Lilly helt frigjord.

"Janne? Ska du inte vara med på gympan?"

"Jag har mens, som alltid. Blödningsrubbningar."

Det gäller att aktivera offerrollen i rätt minut.

Bita väntade på basketplanen, gick av och an med händerna djupt i jackfickorna och leggings som blottade att hon var utan strumpor. Emellanåt sparkade hon i lite snö.

"GUDEN!" skrek jag skrattande. Hon vände sig om och log. Gruppkram.

"Har ni ett TJEJBAND eller?" ropade Melvin i Amors klass och släntrade över skolgården med hoprullade böcker i båda händerna.

"Har du ett anushål, eller?" skrek Bita så störigt att Melvin flippade och kastade böckerna i snön. "Kan du visa oss var det sitter?"

Han rafsade upp böckerna och gick.

Det kändes lite högtidligt att vi vunnit.

Lillys mamma jobbade kväll och det var Lillys ansvar att vara barnflicka. Hennes säriga småsyskon for runt som mänskliga missiler runt våra fötter.

"Låt bli, låt bli", sa Lilly och försökte sparka av sig Saga som krokats fast runt hennes ben. Till slut for hon över golvet.

"Sätt dig och kolla på teve."

En slocknad blick. Det gjorde ont i mig. Det här var beviset på att vi alla hade blivit behandlade så där som barn. Begravda trauman av en mordisk vuxenvärld. Det skulle egentligen gå att göra vad som helst. Jag försökte le åt Saga innan dörren till Lillys rum slogs igen.

Lilly tände vattenpipan.

"Jag har haft sån jävla ångest idag", sa hon och bubblade upp första blosset.

"Vi har inte direkt sett dig på lektionerna i skolan", sa Bita.

"Vad gör man?" Lilly slog ut med håret. "De här mongoungarna. Jag orkade inte ta dom till dagis. Mamma jobbade egentligen dag, men fick ta kvällen också."

Hon blåste ut den söta röken.

"Det enda jag pallade var att ta ett bad. Du vet, direkt när jag kom upp ur badet ville jag börja bada igen."

Bita nickade igenkännande.

"Ångesten älskar när man ligger kvar i badet", sa jag dystopiskt, lite ruckad ur banan av mitt bloss.

"Du sa vad?" sa Lilly.

"Glöm det. Nåt Ingmar Bergman har sagt. Ångesten älskar när man ligger kvar i sängen, typ."

De stirrade på mig som om jag var en idiot.

"Janne, citera inte män", sa Bita. "Vad brukar ni förresten göra när ni råkar hamna efter en man på gatan?"

Jag skämdes lite över det med Ingmar Bergman. Ibland skulle jag vilja våga vara stolt över saker jag kunde, men inte här. Inte på det här sättet. Inte med gudarna. Men med vem? Inte med Amor längre.

Bita sträckte upp benen mot taket i en yogaövning.

"För idag kom jag på det. Om det ser ut att vara en helt decent snubbe", hon lät förvrängd i rösten för att hakan pressades in i halsen, "en med typ portfölj eller enhjuling ..."

Jag skämdes igen.

"Då ska jag hinna upp honom bakifrån och FLÅSA honom i stegen."

Bita landade platt på madrassen och andades ut. Hon kollade på mig.

"Så att han känner sig helt förföljd."

"Vad ska det vara bra för?" sa jag trotsigt.

Bita fäste ögonen i hela mitt väsen.

"Applicerad feminism. Omvänd ..." Hon letade efter en term. "Omvänd sexism." Det gick inte ihop. "Strategier för att visa hur förtrycket verkar."

"Tror du nån kommer fatta grejen?"

"Ja."

"Men tänk om han ser dig som ett perfekt byte och våldtar dig."

Bita for upp i yogapositionen igen.

"Kommer inte hända. Män har aldrig hamnat i en förföljd position på stan. Det ingår inte i deras kroppskänsla. Det kunde vara nyttigt för dom."

"Jag ska skaffa hund", sa jag.

"Du har redan en hund", sa Lilly och rökte igen. "Amor."

Bita skrattade.

"Amor är inte min hund!" nobbade jag. "Jag är hans hund. Han har lurat med min pappa på hajk."

"Och?"

"Det kommer få jobbiga konsekvenser."

Jag försökte bedöva oron med röken.

"Vilket påminner mig", sa Bita. "Hundbladet måste ha med Amor. Vi måste fixa ett nytt Hundblad där Amor figurerar."

"Vi hinner inte. Jag vill göra det här på Operation Dagsverke-dagen." Lilly sjönk ihop på golvet, där ett vitt, luddigt fårskinn låg. "Och aldrig jag styr upp något på pappas kontor igen. Jag har liksom släpat Hundblad i ett dygn."

Lilly gjorde en illustration av sitt kommande utmattnings-syndrom på golvet. Whatever, tänkte jag. Du vet den där känslan av skiter-i, att inget egentligen spelar någon roll, att Lillys fårskinn snart skulle ställa sig upp och bräka som ett riktigt djur? Och plötsligt har vi pumps på fötterna? Som i en fucking musikvideo med Taylor Swift.

"Vi hänger ut Amor på något annat sätt. Hundbladet är bara ett steg på vägen till frihet", försökte jag.

En unge vällde in genom dörren.

"Stick eller jag stryper dig", schasade Lilly. Ungen höll något i handen. "Får jag äta den här?" Lilly tog emot det silvriga och vecklade ut uppret.

"Det där är en BULJONGTÄRNING, Einar. Snälla. Släng."

Einar lommade bort.

"Hur fan pallar din morsa?" sa jag.

"Hon pallar inte. Du får inte ens se hur sliten hon är. Då ska du vara lååångt härifrån", log Lilly.

Bita rafsade fram tidningen, som låg i drivor under sängen.

"Okej, gudar. Nu smäller det." Hon sänkte rösten.

Jag tänkte: nu är jag med om det. Nu är jag med om det stora. Ändå kändes det inte fullt så speciellt. Lilly tog fram flaskan med bubbel.

"Sprattelvatten från farsans vinförråd", sa hon glittrande. "Nu firar vi, gudar, säg jag svär!"

HUNDBLADET, stod det i stor svart stil på omslaget.

Lilly satte på sig glasögonen, vilket fick henne att likna en vuxen.

"Varför tog vi Hundbladet?" sa jag.

"För att de är hundar", väste Bita. "Vi är gudar. De är hundar. Enkel matematik. Och hundar måste tämjas, tydligen. De kan inte hålla på som dom gör. Ändå försöker hela världen täcka upp för dom. Hela systemet är uppbyggt för att män ska FÅ våldta, slå, porra, ljuga och manipulera. Alla kommer undan för lätt!"

Lilly svalde hårt.

"Vi sätter stopp för det genom att trycka upp det i deras ansikten." Bita fläkte upp hela mittuppslaget över min näsa. Det luktade fränt av nyskördat papperstryck. "Ba, SE HÄR!!!!! FATTA!!!!! Det går ju tusen hashtagskampanjer på NOLL insikt hos män. Men om de på något sätt kan få sina egna handlingar uppkastade i ansiktet."

Bita lugnade ner sig. Jag fick flaskan av Lilly, drack en klunk. Den var svår att manövrera. Bubblet spred sig, en tryckande värme i bröstet.

"Hänger vi inte ut Daniel?" sa jag.

"Vi borde verkligen ha fått med Amor", sa Lilly. "Annars är det fett orättvist. Det jävla äcklet."

Bita gillade inte att vi motarbetade hennes kampanjer med petitesser.

"Okej, era ordentliga smygkristna suedis deluxe."

Hon rullade ihop tidningen och satte den mot sitt hjärta.

"Heder och samvete och bla bla bla", sa hon. "Vet ni vad?" Bita ryckte åt sig flaskan med bubbel ur min hand.

"Ni kan inte ens fira något utan att det ska vara massa jävla käbbel och reservationer. Njut för fan! Våga satsa på lite njut! Nu har vi tidningen, vi har skrivit värsta tunga brandtalet om feminism, vi har fixat med tryckeriet, haft värsta feta kvällen i Stockholm, sen fixar vi pappersmuggar på lanseringen och drar in tjockt med stålar till Tierps kvinnojour."

Något växte i mitt bröst. Att Bita alltid skulle vara tvungen att pumpa in den. Självkänslan.

"Eller till oss", försökte jag.

Men ingen hörde.

"Vi ska göra en separat sak med Amor", planerade Bita högt. "Amor Lindgren ska vi göra en helt egen grej med."

Det lyste i hennes ögon, ett gudomligt, övertygande sken. Lilly gick upp för att gosa med Bitas lår på sängen, borrade in hela huvudet nära fittan där det är så varmt. Bita drack flera klunkar på rad. Det kändes konstigt inuti mig, som om vi var klara fast allting fortfarande stod på spel. Det smakade alkohol i min hals. Jag lovade mig själv att aldrig berätta för Lilly att min pappa var en kvinnomisshandlare.

Linn Hoffman satt på pizzerian med en vän vi aldrig sett förut. Hon drack upp sin coke.

"Vad är det nu ni vill", brölade hon.

"Bara ha med dig på en viktig grej."

"Det här är Stina, förresten."

Jag fick en liten, överviktig hand i min. Hon såg ut att sitta här var och varannan dag.

"Hon går bruksgymnasiet. Gimo."

"Emellertid", sa Bita, och fick mig att nästan skratta på mig – var fick hon såna ord ifrån!? – "så skulle vi behöva prata med dig alone."

Linn Hoffman kvävde en rap.

"I enrum."

Eftersom Stina inte verkade vilja fatta vinken så släpade vi med Linn in på pizzerians toalett. Den hade ett lysrör som drogs igång av ett fladder. Det blev en märklig, stjärnklar stämning. Lilly luktade av den där parfymen igen. Jag kände i mina ögon att jag snart var full, att synen vadderades av ett fluff så fort jag tittade.

Linn Hoffman var röd i mungiporna av pizzan. Hon hade stora bröst som tryckte mot dragkedjan på munkjackan. Blont hår, gråmelerade mjukiskläder, hon gläntade på den fylliga överläppen och la in en snus.

"Janne har en sak att berätta."

Det blev lite konstigt att stå på toan, med tanke på vårtan.

Någon knackade på där utanför. I vissa faser i livet ska det kännas som om allt du gör är att angöra toaletter. Nu: Ha ångest på toaletter, gråta, offra din frihet på toaletter. Raka benen, klistra kosmetika, hångla med snubbar på toaletter. Sedan: Städa toaletter. Byta blöjor på toaletter. Ibland drömmer jag om toaletter. Jag tänkte att en gud borde inramas av ett annat sorts rum än en toalett.

Ändå harklade jag mig och levererade nyheten:

"Amor gav mig kondylom. HPV. Humant papillomvirus."

Och då gav mig Linn Hoffman den värsta tänkbara

tillbakainformationen, medan glitterpåslaget ökade i hennes ögon:

"Ja, men jag är vaccinerad."

BOM. Som om hon just berättat vilken äkta gud hon var. Själv tillhörde jag hundsläktet. En utspädd blandras. Norrländskt svårmod blandat med inavlad uppländsk defekt.

Mamma Julia, pappa Lerngren.

Jag.

Ett livsmisstag.

Men jag är Janne, jag är Janne, jag reser mig väl för fan upp och går för det!

Jag föll en centimeter mot Bita, som fångade upp mig. Lillys bomberjacka sjönk in över kinderna också.

"Okej", sa jag. "Okej."

"Men du hjälper väl oss ändå?" sa Bita vädjande.

För Linn Hoffman såg det ut som om det räckte med välbefinnandet hon fick av snusen. Hon var inte direkt i behov av att känna sig som en god person med gloria.

"Hallå, jag behöver gå på toa."

Det var Stina som kom, med hela sin kropp. Vi tumlade ut därifrån. Stina gick in och satte sig.

Bita sa till Linn att vi behövde henne jävligt mycket, för även om hon inte var smittad så skulle vi nita Amor, tänka ut en hämnd åt Amor, och det här var vår inbjudan för att få henne att vara med.

"Det är ju liksom adekvat att du är med."

Shit, var får hon de där orden ifrån? Lilly och jag brast i skratt.

"Jag kan vara med, det är helt lugnt."

Som om vi bara skulle göra vilken vanlig grej som helst. Linn Hoffman hade inte en tanke på att ta adjö av Stina. De hade inte en sådan relation. Det var visst bara att gå.

"Men Amor är inte hemma", sa Linn när vi gick i bredd över Rådhusallén.

"Jag vet. Han är på hajk med min pappa."

"Du skojar", sa Linn.

"Nä. Det var jag som lurade dit honom. Med Malva och Isabelle."

"Epic fail", sa Linn och tände en cigg som blåste ut över hela mig.

"Åh, får jag en?" sa jag. Det kändes som om jag hade fått en ny kompis.

"Bara ta", sa Linn och gläntade på paketet.

Camel Lights. Det är en vilja att bränna ner de inre organen. Elda upp hela skiten, tills du ligger där och kippar efter andan och dör.

"Mamma jobbar skift på Eckerö Linjen", sa Linn. Jag mindes att jag hade hört det någon gång. "Hon köper hem limpor."

"Vad snällt", sa jag.

Det lilla knycklande fotografiet av mig själv i mammas ficka.

Ett minne, inget mer. Ett minne av ett irrande bloss.

"Vi kan bränna upp hans enhjuling", skrattade Lilly längst bortifrån, som om hon hört mina tankar. Hennes ögon spärrades upp till femkronor. Jag och Linn gick in i varandra med rumporna. Vi skrattade till. Att vara bred om höften. Att vara bred om höften och ligga med Amor Lindgren.

"Det är typ världens bästa idé", sa Bita.

"Vem vill tända på?" frågade Lilly.

"Jag", sa jag.

Det var släckt på Bävervägen. Cyklarna stod hafsigt ställda under ett tak utmed garaget. Amors familj är inte så prydlig liksom. Inte som Monas. Det är därför han anser sig ha rätten att vara en flummare ibland, stenhård filosof ibland, duktig dansare ibland, cirkusfantast, feminist och snubben hela daaaaan ibland. Två olika sorters high school sweethearts. Ett åt Linn, ett åt mig.

Jag skulle vilja fråga Linn hur han var att ligga med. Men jag skulle inte kunna. Det skulle vara att fråga hur det var att ligga med henne. Jag skulle bara få acceptera att det mesta vet man inte om andras liv. Jag skulle alltid bara veta allt om mitt. Och, om jag blev journalist, om tusen brotts-offers, vinnarskallars och jubilarers liv dessutom. Folk med nyhetsvärde. Highly interesting. Vad skulle jag göra för att feministisera journalistiken, göra den viktig? Jag skulle få konsultera Bita.

Linn Hoffman gav mig tändaren. Vi hade hittat en-hjulingen och släpat bort den bakom garaget. Än en gång stod vi i ett minimalt utrymme, kanske gillade vi bara att trängas, kanske handlade det om att våra livs kamp måste föras med sekretess.

"Men det går ju för fan inte att få eld på en sån här", sa jag efter att ha försökt bränna upp däcket med tre tändardrag.

"Ge mig den." Bita försökte. Hon har tålamod. Satt länge och eldade under däcket. Det började lukta äckligt, bränt. Hans lilla enhjuling. Hans lilla snopp. Hans lilla hemlighet. "Julien Blanc." Vilket skämt! Ibland undrar jag om killar fattar vad de gör för skada, när de själva tror att de bara springer runt och leker. Leker krig. Leker sexhärskare. Leker bestämd familjefar som sätter gränser.

Som om ens kropp var en docka av något slag. Som om ens inre inte fanns.

Lilly fiskade upp en fet braständare ur en innerficka. "Här! Jag har fan Amis braständare!" Hon skrattade ett högt Ami-skratt och synade tingesten som en sällsynt art i gatlyktans sken.

"Ge mig den", var det min tur att säga.

Asfalten blänkte tom och snöig om vartannat, blött grus låg och drog i långa kakor över alltihop. Allt var svart och vitt, ungdomens bästa och värsta färger.

"Men ska vi dränka den? Det är fett omöjligt att elda en cykel."

"Janne, slingra dig inte nu."

Bita höll redan på med något där man måste sträcka på ryggen, hon släpade vedträn från ett utrymme ovanför garaget, en hylla fullproppad med bara ved. Det var inte ofta man såg Bita hålla i något organiskt material. "Aj, fan!" Hon hade fått en sticka. "Vi ska bränna cykeln på bål."

Mina ögon tändes inifrån. Linn tog flera stora vedträn i famnen på en gång.

Sedan blev allt eld. Jag kände att sprattelvattnet var på väg bort från mig. Men det ersattes snabbt av en ny glöd: hur våra lågor föll ihop och letade sig upp över enhjulingen som en tunga. Het, slickande tunga som eldade upp Amors ögonsten i ett nafs. Hans rörelsefrihet. En liten eld för allt det som inte kunde tändas. En liten hämnd för all hämnd som inte skulle kunna hända. Det ökade i mig, som en drog som verkar, ett gift som inte vill släppa taget förrän något förändras.

Däcket skrumpnade ihop till en insekt.

"Fan vad coola ni är."

Hon såg på mig i eldskenet. Min buksyster. Aldrig att jag hade velat göra det här utan Linn Hoffman.

DET SEXTONDE KAPITLET I VÄRLDSHISTORIEN

Om jag får storhetsvansinne spelar det ingen roll för jag behöver bara ägna en sekund åt att tänka på min fitta. Som är helt blå. Som är sönderpenslad med frätande vårtmedel. Sorry, Ann Bidén, kära skolsköterska, men det här är beyond din kompetens. Jag skulle aldrig offra min fittas hemlighet för dig. Hur stort ditt förstoringsglas än är.

Tänkte jag.

Det sved mellan benen. Folk på skolgården överallt. Ett stort mingelparty för att driva ut förra månaden mars. Skolans Operation Dagsverke-dag har verkligen förvandlats till en svensk mässa i ung företagsamhet på bara några år. Det räcker inte att spela gitarr i tunneln mellan centrum och Vegavallen längre, gå med bössor med Röda Korset-loggan. Calle och Amin var till och med uppklädda i kostym.

Jag såg henne. En klippdocka. Hon var som utskuren. En filmisk specialeffekt. En hög tidningar på armen för att se viktig ut. Och hon hade rosa hår. Det gled mjukt ner över den gröna bomberjackan.

"Vad fan har du gjort?"

Lilly smekte av sig mössan. Uppe på hjässan var håret blont. Jag såg en ny rosasmetig läppglans glittra över läpparna.

"Bara i topparna!" skrattade hon och skakade på håret så att det rosa dansade över ryggen. "Jag ville färga fram våren!"

Vi såg upp i himlen. Den var kristalliskt blå. Jag krampade bort det kalla svidet jag drog runt på mellan benen. Lilly pekade.

"Det där är en stor, fucking sol, baby Jane!"

Hon dansade runt framför mig, snurrade, flaxade, ville dra med mig i hennes doft, hennes sorglöshet, som om halvårets långa mörker och skugga hade undgått henne. Allt hon skulle se var alltid sol. Ett fritt fall, men fullt av sol. Jag förstod inte hur hon kunde vara så lycklig, efter allt hon gått igenom. Var det henne eller mig vi fokuserade på att rädda idag?

Där kom Mahmoud och Bita genom myllret.

Russinen i kakan.

Det var då jag förstod det. Att Bita är min bästa kompis. Jag loopade med synen, över Lilly, bort till Bita, och vid Bita var det som att få en stor chokladbit inpressad i munnen. Det kändes lite sorgligt. Tretton år av systerskap. Lilly lärde mig allt. Och nu måste de nya tretton åren börja.

En tidning hade blåst ner på marken. Lilly började spela fotboll med den. Vi passade tidningen mellan oss, Mahmoud tog över bollen medan Bita kramade om mig.

"Hej *joon*."

Vi kanske passar ihop rent genetiskt? Som om våra själar

213

är biologiskt kodade. Jag sniffade in i hennes axel.

Lilly, det var som om någon lagt E i hennes frukost-O'Boy, hon sprang över skolgården, hämtade dramatenväskan som stor kvarglömd under lindarna, de som luktar så gott när det är juli och man bara måste besöka sin tomma skolgård för att uppleva hur fejkad skoltiden på riktigt är.

"Saweeet!" skrek Bita när väskan skraprullade över asfalten.

Jag sa:

"Är den full?"

"Dyngfull", skrek Lilly tillbaka. "Full som en kastrull."
Hon lämpade av den i min hand.

"Vem tar hand om våra pengar?"

"Jag", sa Mahmoud och pekade på sig själv. "Jag gick business school."

Bita gick armkrok med honom hela vägen ut.

Skolgården var som en apelsin någon höll på att suga saften ur. När vi stod ute på Gävlevägen igen, i den tunna blåsten, i den nya friheten, i det totala kick-ass-livet som låg framför oss, fanns bara det vita skalet kvar.

Så fort jag andades genom näsan kände jag den: lukten av rått kött. Det var våren som pruttade oss i ansiktet.

"Känner ni?"

"Vad menar du?"

"Att det luktar rått kött här."

"Euuw. Jag känner inget", sa Bita.

"Finns det ett slakteri någonstans i närheten?"

"Jag har hört att vår skola var ett slakteri på nittonhundra-talet", sa Lilly bestialiskt.

"Lägg ner."

"Det är sant!"

"Jag vet, du känner lukten av symboliskt döda hundar", sa Bita och gjorde segertecknet.

Mahmoud gick bredvid och rullade väskan som om vi var vilka pålitliga partimedlemmar i Folkpartiet som helst.

"Det kanske är en biverkning av vårtmedicinen", viskade Bita allvarligt.

Vi gick förbi den stora Motorcrosshallen som byggts upp bredvid vår skola. Ett monsterbygge för att pleasa traktens unga män. Till en kostnad av miljoner. Men det fanns aldrig tveksamheter.

Vad var vår motsvarighet?

Vem tänkte satsa på oss?

SVAR: INGEN! VI SKULLE FÅ SATSA PÅ OSS SJÄLVA HELA LIVET!!!

Jag tänkte på Daniel Abdollah. Höll händerna i fickorna. Solen gick i moln. Han var i alla fall annorlunda. Och livet var en gåta. Jag skulle inte kunna lösa den. Hundbladet låg hoprullad i min ena näve. Jag var lite stolt. Genom blå-fittan, och arvet av sorg bakom skallbenen, hade jag i alla fall åstadkommit något stort. Skrivit en text som kunde förändra. Jag tänkte på farmor. En gud ska alltid behöva föda en dog. Jag ångrar ingenting. En kronisk underordning. Så länge jag kunde skriva om den skulle jag åtminstone vara fri.

"Vi börjar med den här bostadslängan", sa Bita. Mahmoud rullade dramatenväskan i en elegant båge runt hundbajshögen som uppenbarat sig på trottoaren.

Som om jag inte visste varenda jävel som bodde här. I de vissna låghusen. Alla hus i Tierp är låghus, som om en stor osthyvel sänkt sig från himlen och hyvlat ner hela skiten. Det ska rimma med övriga Uppland.

Men Tierptrakten kryllar av hundfolk, vilket är bra om man vill sprida förtäckt information som får människor att tänka i andra banor. Kennelägare, hunduppfödare, hundvänner och agility-tränare. Kaninfolk, som sadlat om till hundfolk.

Hundbladet.

Att vända blad i framtiden.

Att åstadkomma något.

Det var bara det.

Mitt liv kunde te sig som en freakshow, en hopdiktad reality-serie under stenhård regissering, ett slocknat förhållande mellan två gothare till tonårsdrägg, en resa till Borås som aldrig blir av. Men så länge min hjärna bär mig, och mitt hjärta är fritt från yttre påtryckningar, så länge Gun Hellman inte indoktrinerar mig att tro att flickskapet bara är en milstolpe på vägen till hennes kvinnofulländning, så länge pappa inte blandar ihop mig med en fläskkarré på Lidl och marinerar mig i en plastpåse full med peppar, soja och salt. Så länge mamma bara är en människa som vilken som helst i mitt liv.

Then there maybe is a God.

"Hundbladet?" sa Lilly glittrande med sin läppglans påslagen som en mänsklig siren av sweetness. Den morgonrocksklädda damen i papiljotter såg ut som om hon vunnit på Postkodlotteriet. En hund tassade fram. Som om vi regisserat allt. Den unkna lukten från djupet av lägenheten tog sig ut genom andetagen när hon pratade.

"Jag har alltid saknat ett vettigt Hundblad."

"Grattis", sa Bita lyckligt.

Mahmoud och jag stod bakom.

"Det kostar tjugo spänn."

Damen hostade och hasade iväg till en grå jackficka som hängde i hallen. Krullade upp en gammal tjugolapp i sin hand.

"Vad går pengarna till?"

"Grekland", sa jag bakifrån. Tanten kisade mot mig. "Det är mottagarlandet i år. De har det rejält kämpigt därnere."

"Hoppas dom tar hand om sina grekiska gatuhundar nu då", skrockade damen.

"Det ska vi se till", sa Lilly.

Sedan fick vi liksom bråttom. Hela området måste tömmas innan någon Hundbladsägare fick för sig att sätta på en slät kopp kaffe, krypa upp med benen i soffan och slå upp bladet på förstasidan.

Där min ledare stoltserade. Mitt brandtal om feminism.

Emellanåt exploderade jag av skratt och lycklig sockerdricka inuti och fick lov att samsas om kroppar att krama: Lilly, Bita, jag slängde mig över dem, vi skrattade, var helt högljudda och galna, ekade i trapphusen.

"Alla är fan hemma här! Är alla i hela Tierp arbetslösa?"
Mahmoud svarade: "Faktiskt, de kan jobba natt. De kan jobba kväll. Man kan vara egenföretagare. Människor lever sina olika liv."

"No shit", sa Bita.

En hund skällde. Dörren öppnades och en fet kamphund vällde ut. Ägaren höll fast den stretande besten i ett hårt läderkoppel.

"Är det ni som skriker? Vad händer här?"

Vi hade krupit upp i trappan. Mannen bar ett svart nätlinne och svarta tatueringar på armarna som löpte hela vägen upp till halsen.

"Vi säljer Hundbladet", pep Lilly. "Tjugo spänn."

Jag rafsade ner ett Hundblad på golvet framför honom. Precis en sådan man som skulle behöva nås av den viktiga informationen. Jag glömde vårtan. Jag glömde sorgen mellan benen. FÖR FÖRSTA GÅNGEN PÅ HELA DAGEN KÄNDE JAG MIG SOM EN GUD!

"Du kan få gratis premieprenumeration om vi får din adress och hundra spänn i förskott."

Sa jag.

Vi kvävde ett fett jävla fniss tillsammans.

Mannen kastade iväg hundralappen utan att se åt oss.

Jag var så stolt över Mahmoud. Över att vi var ett helt resursteam av feminister, influgna från himlen. Bita skojade att Mahmoud var den riktige guden med skägg och vitt hår, och vi var hans marionetter.

"Bra jobbat, gods. Bra jobbat."

Bita dunkade sin pappa på axeln.

"Bra jobbat, baba. Bra jobbat."

Jag hatar det där "bra jobbat". Bita som är arbetsskygg borde inte få använda det så mycket. Men det är sådant man säger när det inte längre finns några ord. Det är liksom svenska för kärlek.

Men jag höll tyst om det.

Lilly hoppade runt som om det var sommar och trottoaren hennes surfingbräda. Som om vinden i det rosa håret kom direkt från havet.

Jag drömde om sommaren. Sommaren efter trean.

En hård jävla början på ett liv.

Varje sedel lämpades rakt in i Mahmouds famn. Det singlade lite pudersnö ner från himlen. Som en påminnelse om att skiten inte var över än. Men dramatenväskan var tom. Hundbladet distribuerat. En hög med hundbajs som precis avlägsnats från hjärtats innersta kammare.

På skolgården drev Calle runt med en hatt.

"Bitte, Bita", skojade han och tiggde pengar. "Bitte, Bita."

Calle, som Bita hatar. Calle, som hela högstadiet kallade Bita Hosseini för "Bita Hasselnöten". Jag fattar inte att han vågade. När självaste Mahmoud var med. Hur vågade han skämta om någons dotters namn? Men vissa killar ska bara insistera på att inte äga någon finess.

"Vad heter du?" sa Mahmoud.

De hade ställt sig mitt emot varandra.

"Calle", sa Calle svagt.

Mahmoud drog fram en tjugolapp ur innerfickan och placerade den mitt i Calles hatt. Calle tittade ner i den bruna filtgropen, a.k.a. symbolen för hans själsliga anushål. Han var mer än förvirrad nu.

"Varsågod så mycket, BALLE", sa Mahmoud stenhårt med en blick som om han var tränad i militären och aldrig tänkte låta de ränderna gå ur.

Jag kramade om Mahmoud, det var efter Bitas och hans kram, efter att Lilly hade sagt att Mahmoud också var en fucking gud, och jag bara ökade, ökade inuti, som ett schakt som aldrig ville sluta vidgas.

Freddie är en kort kvinna som jobbat ihop med min pappa i många år. De var fritidsledare tillsammans. Freddies dubbelhaka gör henne till en look-alike av en pelikan. All annan personal har små effektiva snurrstolar i arbetsrummen. Men Freddie har en fåtölj. Hon kallas för Munken.

"Sjung, sjung, sjung!"

Förut var Munken sjukskriven. Men nu stod hon livs levande och viftade med fingrarna på aulans stora scen.

"JAG SKA FÖLJA DIG GENOM ELD OCH VATTEN, ÖÖÖÖVER LAND OCH HAV", började Monas sånggrupp vråla i kör till Munkens dirigering. "JAG SKA ÄLSKA DIG TILLS HJÄRTAT SLUTAR SLÅÅÅÅ."

De drog ner enorma applåder. Munken strök sig själv över de mjukisbeklädda armarna på scenen.

"Jag får ståhud", sa hon i mikrofonen. Det fick Calle, Kevin och Amin att bryta ihop i ett tungt rassel bakom oss.

"Välkommen upp nu, kära rektor Catharina Blomsteräng Swärdh!"

Som om vi höll en gala för Rädda Barnen.

Jag knep ihop ögonen. Det kändes som om hon gick med stilettklackar genom mitt hjärta.

Bita nöp mig i armen. "Du ångrar ingenting", viskade hon med den hårda, gröna blicken.

"Okej."

Catharina Blomsteräng Swärdh glittrade i strålkastarskenet. Hon hade glömt bort att den här skolan drogs med problem som: Spice, Ungsvenskarna SDU, boffning, misshandel, rasism och flera polisanmälningar om sexuella övergrepp. Hennes vita Lindex-kofta hade guldknappar.

"Jag vill rikta ett stort tack till skolans Operation Dagsverke-funktionärer. Rörbergsskolan har så fina eldsjälar vill jag tala om för er, som vi andra njuter resultatet av. Utan er hade vi inte stått här idag."

Rektorn fick Mona, Embla och Vilma att resa sig upp och ta emot en gyllene stråle sol, direkt från hennes guldknappar.

Folket applåderade.

"Mjau", sa Bita i mitt öra.

"Och nästa sak jag vill uppmärksamma är den som har dragit in mest pengar på förhand till årets projekt."

En kort sekund av förväntan.

"Varsågod att komma upp på scen, Daniel Abdollah!"

En rungande applåd medan Daniel As virvlade upp på scenen i sina mest skinande, vita skor.

"Jag är kär i honom", pep Lilly.

"Fortsätt var det då", fräste jag.

Som den perfekta kopian på Eric Saade. Daniel hade till och med en pizzakartong i handen, som han snurrade på ett pekfinger. Rektorn gjorde en liten intervju med honom på scenen. Typ "Hur många pizzakartonger var du tvungen att vika?" "Vilka levererar du åt?" "Inser du vilket uppsving för Tierps företagsamhet du är?" "Tio tusen kronor. Du anser alltså att företag även kan syssla med välgörenhet? Vilket mod!" "Har ni några frågor att ställa till skolans hjälte, Daniel Abdollah?"

Bita räckte upp handen.

"Nej, lägg ner", viskade jag. Men Bita sträckte upp den hårdare. Tröjan åkte upp och visade huden mellan leggings-adidas-byxan och behån.

Rektorn valde någon annan.

"Hallå, jag vill säga något", ropade Bita över aulan.

Daniel Abdollahs vita skor hade redan börjat röra sig bort över scenen, mot den lilla trappan som skulle ta honom ner.

"Det är vår tur nu", skrek Bita och började gå mot scenen. "Kom, gudarna, kom!"

Rektorn la ner micken med ett klick på talarbordet. Bita drog med sig applåder. Nu stod vi ensamma på scenen.

"Vi är här idag för att vi har dragit in enorma mäng-der pengar för vår satsning HUNDBLADET", sa Bita och fick upp en tidning att vifta med. "Det är dags att kasta ett hundben till alla er som är intresserade av HUNDAR i Tierp. Så ni får veta vad hundar egentligen GÖR. Hur de FUNKAR. Vad som är effekterna med att ha HUND, och så vidare. För det är så många som har FÖRDOMAR idag. Och där vill vi FÖRDJUPA lite."

"Välkomna alltså att köpa ett ex. Kostar tjugo kronor. Kan förändra ditt liv."

En intresserad applåd.

"Vi är inte ett företag, men vi heter GUDARNA. Okej? Vi är inte en grupp. Inte en ideell förening. Inte en vänskapssammanslutning. Vi är inte tjejer. Inte ett tjejgäng. Vi är ett FENOMEN. Vi är en VIRAL SUCCÉ. Vi är FUCKING GUDAR. Och vi vill att ni ska veta att vi finns."

Nu var ögonblicket inne.

Bita tog upp Lillys selfiepinne från dramatenväskan och viftade åt mig att jag skulle ställa mig på knä.

"Härmed korar jag dig till en gud, en gud, och inget annat än en gud, Janne Lerngren", sa hon högtidligt med mikrofonen i andra handen.

Jag smälte som en bit choklad i byxfickan.

En text som plötsligt börjar leva.

Ett halvår fullt av sol.

Lilly gled ner på golvet och blev korad likadant av selfiepinnen. Jag såg små tårar glittra ner för hennes kinder och hamna i havet av rosa hår.

Att vi gjorde det här, och solen bröt in. Det var inte ens ett skämt.

"Jag korar mig själv till en gud, en gud, och inget annat än en gud", sa Bita ceremoniellt med blicken vänd mot hela skolan.

Hela skolan, som tog emot vad vi just sa.

"Lyssna", sa Bita i micken. "Ni har just bevittnat världs-historien när den vänder blad. Jag vill att ni köper Hund-bladet som en solidarisk aktion och sen vill jag att ni läser hela tidningen. Det är Janne som skrivit."

Jag bugade mot applåden.

"Och en sista sak. Amor Lindgren är inte här idag. Han är på hajk. Men jag tycker ni förtjänar att veta, att han har filmat två elever på skolan när de har haft sex. Lilly Karlsson och Daniel Abdollah. Mot Lillys vilja. Och han har gett Janne kondylom. Bara så ni vet. Bara så ni aktar er för honom."

"APRIL APRIL!" skrek någon inifrån publikens djup.

Bita såg sig om efter oss.

"Ja, det var nog allt för idag, kära vänner. Och just det, by the way: ordet 'tjejer', slopa det. Börja använd 'gud'."

Ett brus genom åskådarhavet.

Jag såg min chans.

Man får inte så många i livet, måste ta dem man får.

"Och för övrigt anser jag att varje kille i skolan ska nappa på vårt erbjudande om sommarjobb", pep jag.

Bita kollade förskräckt på mig.

"Vi har fixat sommarjobb till alla killar på hela skolan", ljög jag. "Kronebygården där Lillys mamma jobbar tar emot alla killar som vill. Vi anser att killars mentala hälsa behöver stärkas med den här typen av arbetsuppgifter. När-het, ömhet, omvårdnad och att torka bajs."

Lilly nickade och snodde micken. "Det är bara att anmäla er till mig."

"Tack för oss", sa Bita.

Vi klev av scenen. En viral succé. Ett fenomen. Jag har aldrig varit med om en större effekt. De gav oss rungande applåder så taket i aulan nästan brast. Catharina Blomsteräng Swärdh rörde inte en fingertopp. Mahmoud och Linn Hoffman ställde sig upp och applåderade mest i hela världen. Till min förvåning ställde sig Daniel Abdollah upp också.

Jag insåg att Gun Hellman gjorde sitt yttersta för att verkligen få till en applåd på andra raden. Det såg ut som om kroppsdelarna tumlade runt framför henne som i ett akvarium. Jag kunde inte annat än förlåta henne. Munken brast ut i ett leende stort som en foppatoffla.

Jag tänkte: Tur att pappa inte är här.

Lilly slet upp sitt skåp och drivor av Hundbladet rasade ner i ett hav. "Oj", sa hon skrattande och började städa upp på golvet, som vilken blivande städare på äldreboendet som helst. Jag började bli nervös. Såg att Daniel Abdollah kom ångande upp bakom oss.

Jag, på den perfekta utkiksplatsen, såg kärlekskonturerna av Lillys rosa hår, såg Daniels längtan efter att borra ner något där. Sin kärlek, sin ensamhet, begrava resterna av sitt våld, klippa av banden till sin manlighet.

Han visste att jag tittade när han pressade sin Oscarsvinnande kropp, själva framsidan av den, mot Lillys mjuka, utputande bakdel, täckt av ett par ljusa, lagom utsvängda jeans. Hon snodde runt.

"Oj! Är det du?"

"Baby. Jag ville bara säga förlåt."

Jag är inte din tolk. Jag är ingen fucking RIKTIG gud, i bemärkelsen att jag vet vad andra människor tänker. Men det här såg onekligen äkta ut, var ingen show, var inget lyckligt slut-happy-ending-neverending. Det var bara:

Killen med snygga kläder, populärast i skolan, kär i min Lilly, trycker sig mot guden med snyggast, krispigast outfit i vårens mode, och rosa, svallande hår.

Båda koncentrerade sig på att hålla höftpartierna hårdast mot varandra.

Lilly sa:

"Janne, kolla inte nu."

Bita var som bortblåst.

Jag gjorde som hon sa, slog undan blicken, fast jag kunde inte hjälpa att jag tittade ändå.

Det bultade någonstans, jag visste inte längre vart. Jag svalde ner förkylningssnor och grät på samma gång.

De kysste varandra, hårt och ärligt, det var något de behövde göra, något som bara kunde lösas just så. Med lite mänskligt slem och hud, samt uppvisningar för en mindre smygporrtittande skara som behöver hjälp med intimiteten i sitt liv.

Jag tänkte: Har han öppnat Hundbladet? Är det här part of deras game? En viss typ av feminism skulle jag aldrig lyckas förstå mig på. En feminist som reagerar mot en manlig patriark för att hon just nu står under dess värsta påtryckningar. Men fortsätter att hänga med sin manliga patriark, bara för att han förser henne med nya, viktiga anledningar att föra sin kamp. Jag suckade. Visste inte var Bita och Mahmoud befann sig.

Lillys och Daniels hångel djupnade, en låga som eldar upp sig själv i ett ostoppbart nafs, en orgel som dånar sönder skallen, en kyckling i hjärtat som vrider sig på en roterande butiksgrill flera varv. Det luktade fortfarande rått kött när jag andades.

Något pickade mig i ryggen. Det var Mahmoud. Hans vänliga, gröna ögon stack in något hoppingivande i mig.

Bita sysselsatte sig med att imitera hånglet framför oss, böjde på knäskålar och ben, tungan släpade sig ut ur munnen, hon föste ihop håret till ett svart nät över ansiktet.

Mahmoud höll upp min mössa.

"Du glömde den här."

Jag gav upp ett litet tackande ljud.

När jag inte gjorde någon ansats att ta på mig mössan och gå drog han den över mitt huvud själv. Jag kände att det var något som prasslade.

Ute i luften, i aprilluften som försökte våga sig fram ur marshörnen, full av vind, grus och smältande snö och tösalt, tog jag fram det som prasslade inuti mössan.

Två fucking femhundralappar.

DET SJUTTONDE KAPITLET I VÄRLDSHISTORIEN

Jag kunde inte låta bli.

Alltså, att lyssna på Håkan Hellström.

Jag vet att vi slaktade möjligheten till tröst hos den mannen redan i början av mars, när livet var annorlunda. Men nu. Bita stod och jiddrade med ett kassabiträde inne i löparbutiken. Det var bara trottoaren och jag.

Jag tryckte in öronsnäckorna.

Pappa säger att livet för ungdomar rymmer flera tusen liv, medan ålderdomen gör människan till en blank, jämntjock pöl med vatten. Några krusningar över huden, det är allt. Annars stannar allt i pölen. Folk kan hälla ner öl, fil, ketchup, diverse vällingsorter och sprit. Inget förändras. Det finns ingen kanal som leder ut. Inte ens kärleken tar en någonstans.

Fast det har jag kommit på själv.

"MEN JAG FÖDDES MED KLUMPFOT. DEN VAR ETT ARV FRÅN MIN FAR OCH NÄR HAN DOG ..."

Nej.

Jag behövde bara lyssna på början av en låt för att vilja radera Håkan Hellström ur hela musikhistorien igen.

Bita klämde sig ut genom en dörr.

"Dom fanns inte i min storlek."

"Säg inte att du ska bli löpartjej."

"Det är skillnad på träning och träning. Jag ska ha en PT. Personal Trainer."

"Trodde inte du höll på med sånt."

"Baby, det är vår rätt att hålla på med allt. Fucking allt."

Vi släpade oss genom stan. Var strax framme hos mig. "CHRISTINAS FOTVÅRD" står det på framsidan av mitt hus. Hon är granne med oss. Bedriver sin fotvård i lägenheten. Mest är det pensionärer som tar sig dit. Medan de fortfarande kan gå. Mamma gick dit en gång. Fotkrämen gjorde henne så halkig om fötterna att vi skojade att hon kunde åka skridskor inomhus.

"Ska vi ringa Lilly?"

Bita ryckte på axlarna.

Jag höll femhundralapparna som två hopskrynklade cigarettfimpar i handflatan. Som ett barn som försöker dölja för sin förälder att det röker. Jag kramade om henne med den hoptryckta handen.

"Fan vad bra vi är, jag älskar dig, Bita", sa jag.

"Jag vill ändå att Lilly ska vara här", sa hon i kramen.

"Men Lilly kommer när hon är klar."

Det var inte meningen att pappa skulle vara hemma. Hans svarta sportväska låg uppfläkt som ett kadaver i hallen. Jag stängde försiktigt dörren efter oss. Enligt beräkningarna skulle hemkomsten för honom och Amor äga rum först imorgon.

Ikväll skulle vara vår kväll.

Det luktade mat.

"Hej, är ni hemma?" frågade han och gled fram runt ett hörn. Pappa hade sin rutiga skjorta och blå jeans. Jag blev glad att han såg så vanlig ut. Pappa som jag ville ha honom. Ändå kunde jag inte krama honom. Ändå tvingades jag krama honom medan Bita såg på. Ett hårt äggskal över hela min kropp. Jag höll andan för att slippa känna hans lukt. Spände bröstet för att hindra hjärtat att börja ticka hårdare. Från och med idag skulle jag alltid vara dragerad i äggskal när jag rörde mig i samma rum som min pappa. Det handlar om integritet.

"Vi bröt hajken lite tidigare", sa han utan att hälsa på Bita.

Pappa skuffade undan bagen för att ge oss utrymme att komma fram.

"Var det något som hände eller?"

En stoppnål genom naveln och in i magen.

"Vi kan väl kalla det för 'fail', som du brukar säga", skrattade pappa.

Jag log inte. Begravde mina öronsnäckor i en jackficka. De kunde behövas för att sätta eld på öronen under en nattlig promenad. Eller för att ringa mamma. Kanske ikväll.

"Det var ett tag sen", sa pappa och plockade fram en tallrik ur ett skåp i köket. "Har du bott hos Bita?"

Han hade redan dukat, med två tallrikar. Tänt ett ljus. På bordet stod datorn och spelade en låt. Jag försökte höra vilken. Tog mig fram till skärmen för att se: "The Rose" med Bette Midler. Den stegrades just.

Some say loooove, it is a hunger.
An endless aching need.

Jag kunde inte låta bli att tycka att den var vacker.

"Varför lyssnar du på det här?"

Bita stod och läste från allehanda informationsblad på kylen.

"Jag förbereder engelskalektionen imorgon. Får gå in för Hasse. Vinterkräksjukan, var det visst. Verkar det bra? Kolla här!"

Pappa pillade igång dokumentet på datorn.

Song Time!
Listen to the lyrics of "The Rose". Please don't look at the text while you listen. Then, discuss the following questions with a partner:
What is the theme of the song?
What emotions does the song arouse?
Do you like the song? Why? Why not?

Pappas ögon lyste.

"Är det bra? Det är bra, va? Är det bra?"

Verka inte så nervös, pappa, ville jag säga. Jag ville säga hundra miljoner andra saker också. Verka inte så nervös och lättantändlig på samma gång.

Som den tränade föräldern han är inväntade han inga svar.

Bita äter inte köttfärssås, så hon fick äta spaghettin med ketchup och färdigmalna pepparkorn. Pappa såg förnärmad ut medan han smällde ner stekpannan på andra sidan bordet. "Det är lugnt, alltså", sa Bita. "Jag älskar ketchup." Hon tog en stor tugga med bara ketchup på gaffeln. Pappa började blygsamt röra ihop sina pastastrån med köttfärssåsen. Rörelsen blev vildare och vildare ju längre in i känslan han kom. Som om han aldrig ville sluta snurra. Nu var spaghettin helt brun. Jag svalde några strån utan att riktigt orka tugga.

Att äta någons köttfärssås är som att äta en människas personlighet. Mamma gjorde det alltid med en speciell finess: rev morötter och hällde i, om det råkade finnas bacon hemma kunde hon steka och häva i det också, lite överblivet vin. En buljongtärning. Soja. Kanske socker?

Pappa steker två lökar, han gillar lök, blaffar ner en klump köttfärs från frysen som bränns på ena sidan innan han hunnit vända och skrapa av den, och sedan, helt okänsligt, häller han på en tomatburk utan att tänka på konsekvenserna.

Konsekvenserna: att en tomatburk, fryst köttfärs, lök och lite salt liksom inte GIFTER sig i stekpannan som av sig självt.

Det behövs bara så jävla mycket mer.

Typ omsorg.

Typ estetik.

Typ ömhet.

Typ känslighet.

Jag såg i pappas ögon att de var oskyldigt blå för alla tårar som fanns där bakom, alla kilon av färskt människokött

232

som sveps igenom av flytande sorg, varenda dag. En spak i hjärtat för att kontrollera allt det okontrollerade. Pappa satt envist inuti sitt eget hjärta och försökte styra spakarna. Men det gick inte som han ville. Då blev han arg.

Jag kunde bara inte låta bli att göra honom rasande. Jag ville att han skulle jaga ut mig ur köket. Drämma in stekpannan i väggen, så att hela köttfärssåsen skulle blöda ut.

Jag ville låta Bita bli vittne till allt detta.

Jag ville att det för honom inte skulle finnas något skydd. Se honom naken. Akut utblottad. En känsla, i honom: att vilja ringa till en privat psykklinik.

Någon måste göra detta mot sina föräldrar.

Få dem att fucking brista och läka ihop.

"Pappa, det blir liksom inte köttfärssås bara för att man blandar lök, köttfärs, tomatburk och salt i en stekpanna."

Började jag lite trevande.

Han upphörde med tuggandet. Det såg ut som om någon just berövat honom på en aula full av jublande elever. Bita satt tyst, men jag såg att hon log bakom gaffeln.

"Pappa", sa jag med distansrösten. "Hur känns det att vara hustrumisshandlare?"

Jag var ju tvungen att fortsätta. Jag tänkte på Bette Midler. Hon kanske inte heller hade levt ett så jävla lätt liv.

En skrämd antilop trängde upp i hans ansikte.

"Har det här att göra med vårt telefonsamtal i veckan?"

Pappa skulle försöka låta nykter och avancerad igen.

"Det här har att göra med mamma."

Jag la all betoning på ordet "mamma". Jag såg redan hur

det ven genom köket: diskborstar, stekpannor. Skridskor.

"Du ska inte prata med mamma", sa pappa, lite uppretad nu. "Mamma är en galen klimakteriekossa som käftar för att få ligg."

"Oh my fucking god", mimade Bita sakta.

Pappa tuggade metodiskt medan han pratade. Han styrde besticken över tallriken som om de var två ishackor, den enda livlinan, och han en drunknande farbror i en vak.

Bara ordet: "Ligg".

Som om jag tuggade på mögel.

Hela tiden trodde jag att Bita skulle gripa in. Men hon hade överlåtit hela scenen åt oss. Jag började gråta.

Pappa kvävde en rap.

"The Rose" stod fortfarande på repeat på diskbänken.

Han hötte med gaffeln.

"Mamma är inte så jävla lätt att leva med heller, om du tror det." Han vinklade upp gaffeln till en punkt på den vita väggen över oss. Det såg ut som en fläck. "Förra påsken var det mamma som kastade ägg på väggen. Mamma har också det där i sig. Du ska inte lasta över det på mig bara för att du har pratat med mamma. Förresten, var finns mamma när du som bäst behöver henne? I Avesta? Hur ofta har du fått komma dit? Det är jag som tar hand om dig! JAG!"

Pappa stod upp nu, som överrumplad av sin egen sanning. Han pekade intensivt på sig själv, någonstans där hjärtat sitter.

I köket skars han ut som den eländiga jävel han är. Två pinnar till ben med blåjeans hängda över dem, som ett inkomplett tält, den rutiga skjortan som i alla fall inte var färgad i pastell. En hårman som inte blivit friserad på evigheter. Det här var en lärare. Det här var min pappa. Det här var farmors lilla pojke, som hon inte gett tillräckligt med kärlek, som för evigt skulle hanka sig fram i livet med ett stort gelétäcke över sig.

En fucking aladåb av kroppsdelar.

"PAPPA, DU HAR SLAGIT MAMMA OCH JAG SKITER I ÄGGEN HON KASTADE FÖRRA PÅSKEN, ÄGG FÅR MAN VÄL FÖR FAN KASTA HUR MÅNGA MAN VILL, MEN SKRIDSKOR? PÅ HENNE? PÅ HENNES FUCKING KÄKE? DU VET ATT HON HAR BLÖDARSJUKA! DU VILLE ATT HON SKULLE BLEEDA TILL DEATH!"

Bita reste sig och bar duktigt iväg tallriken, med ett rött kladd av ketchup i mitten, till diskbänken. Pappa flämtade ett steg bakåt, tog tag i fönsterbrädan för att ha en krycka att hålla sig till när hela världen rasade samman framför honom. Jag såg en pojke där bakom överkroppen. En pojke som blivit gammal och snart skulle dö. Det var inget vackert med det, även om solljuset bröt in och färgade min pappa sorglig och evig.

"Kom, Bita", sa jag. "Vi går."

Jag grät hela enfaldiga vägen ut, hulkade i hennes armar, det var inte meningen att jag skulle vara en dotter till en sådan pappa, det var inte meningen att mamma skulle ha lämnat mig såhär. Tom och ensam, på väg ut i vuxenvärlden.

Nu stod jag här och grät igen. Jag märkte att asfalten

under fötterna var torr, att den var täckt av ett lager torrt, skrapigt grus som rullade under oss, det var mina egna tårar som blötte ner asfalten. Bita kramade om och kramade om. Hon sjöng för mig:

Some say love, it is a river.
That drowns the tender reed.
Some say love, it is a razor.
That leaves your soul to bleed.

"Hur fan kan du hela den?" snörvlade jag och såg långt in i hennes magiska, gröna ögon.

Bita skrattade.

"Man har väl för fan haft Hasse i engelska."

Vi skrattade, jag råkade fånga upp några tårar med munnen, de smakade salt.

April gav oss några fåglar att lyssna till. De satt väl och pippade i buskarna.

"Så vad gör vi nu?" frågade jag och drog efter andan. Tänk om Bita skulle tröttna på mig. Tröttna på min gråt. Det fanns så många andra som det var mer synd om, det visste jag.

"Kanske pratar lite?"

Hennes ögon glittrade. Jag visste att möjligheten fanns att pappa såg på oss från balkongfönstret. Det var något i mig som så gärna ville det.

"Varför har han bara inte kunnat bryta sig lös, och bli den människa han är?" frågade jag extra högt. "Han har liksom ett fruset lingon till hjärta. Han hatar mig. Han hatar min mamma också."

"Alltså bara att han kallar henne 'mamma' när han pratar med dig."

"Ja", sa jag. "Hon heter liksom Julia."

Just remember in the winter.
Far beneath the bitter snows.
Lies the seed that with the sun's love.
In the spring becomes the rose.

Bita sjöng med hela munnen öppen, läpparna på vid gavel. Hon sjöng det så vackert att jag skulle bli tvungen att ringa en kvinnlig boss på ett skivbolag nästa dag. Om det fanns någon sådan boss.

"Kärlek är en blomma", sa Bita. "Och du är fröet. Du kan bli hur stor som helst. Jag vet det. Glöm din pappa, han är borta nu. Det är april. Vi kan göra vad som helst. Vi kan åka till Stockholm och bo hos min kusin i Huddinge. Vi kan göra nåt kul. Vi kommer att bli fett motarbetade, vad vi än gör. Men vi kommer i alla fall lära oss att leva."

Jag svingade upp de två hopknycklade femhundralapparna jag gömt längst in i vanten. Bita log.

"Kom", sa hon och började skrapa fortare över asfalten. "Nu sticker vi och spärrar in Amor på en skoltoalett. Vi kan playa "The Rose" där utanför, spraya ner hela dörren med GUDARNA. Vårt sigill."

Hon drog mig i handen. Jag kände att gråten var på väg

att smälta, att jag hade tvättat bort den ur hjärtat med känslor, världens bästa rengöringsmedel, och nu skulle ingen göra mig ledsen på ett bra tag.

Jag såg mot fönstret. Som om ingen bodde där.

"Yolo", snörvlade jag.

CITAT

Sid. 25, 26
Ur: *Roar*, Katy Perry
Text: Bonnie McKee, Max Martin Lukasz Gottwald, Henry Walter, Bonnie Leigh McKee, Katy Perry

Sid. 48
Ur: *Sista morgonen*, Niklas Strömstedt
Text: Niklas Strömstedt

Sid. 79
Ur: *What is love*, Kiesza
Text: Dee Dee Halligan, Junior Torello

Sid. 155
Ur: *Daddy's gone*, Glasvegas
Text: James Allan

Sid. 180
Ur: *Studentsången*
Text: Herman Sätherberg

Sid. 220
Ur: *Genom eld och vatten*, Sarek
Text: Stina Jadelius och Mårten Eriksson

Sid. 228
Ur: *När lyktorna tänds*, Håkan Hellström
Text: Håkan Hellström

Sid. 231, 236–237
Ur: *The Rose*, Bette Midler
Text: Amanda McBroom